夕虹に仇花は泣く

神奈木 智

幻冬舎ルチル文庫

CONTENTS ✦目次✦

夕虹に仇花は泣く

✦カバーデザイン＝吉野知栄（CoCo. Design）
✦ブックデザイン＝まるか工房

イラスト・穂波ゆきね✦

夕虹に仇花は泣く

初恋の、音と色を今でもよく覚えている。

あの人を見た瞬間、胸で小さな火花が爆《は》ぜた。その時のからりと透き通った音。

あの人が笑みを零《こぼ》すなり、柔らかく染まった空気の甘い色。

それらは幾年たっても褪《あ》せることなく、私は愛《いと》しい記憶を磨き続ける。

面影を写したものは、この瞳《ひとみ》だけ。

花のような吐息が残るのは、この鼓膜だけ。

けれど、私の恋にはそれで充分だった。あの人を想うだけでいつでも幸福だったし、その拠《よ》り所として、思い出の音と色は理想的な演出家だった。

他人は、こんな私を愚かと笑うかもしれない。大の男が夢みがちに恋を語る姿は、きっと滑稽《こっけい》に見えるだろう。友人たちは、こぞって私に説教する。血と肉で出来た身体《からだ》を抱いてこそ、嫉妬《しっと》と慟哭《どうこく》の混じった情動を感じてこそ、真の恋愛と言えるのではないかと。

そういう意味でなら、私にも恋愛と呼べる経験は幾つかあった。ただし、全てがあの人の前で無価値となってしまった今、私にとっての恋はあれ一つだと答えるしかない。

「ずいぶんと、情熱的なお話ですね」

最近では揶揄《やゆ》されるのに辟易《へきえき》して、滅多《めった》に口にしなくなった夢物語だった。それを話す気になったのは、一人の青年が私の屋敷を訪れてきたからだ。

彼は静かに私の話に耳を傾け、長い睫毛《まつげ》を微《かす》かに震わせた。それは、蝶《ちょう》の羽を思わせた。美しい、と人に対して感想を抱《いだ》くのは、あの人以来なので私は些《いささ》か決まりが悪くなった。

「無粋を承知で申し上げますが、その方とはその後どうされたのですか？」

「何もない。彼女は結婚してしまったから」

「……それは……」

「ああ、気にすることはないよ。本当に、もう何年も前の話なのだから」

「そんな」

ふっと、悲しげな瞳で彼は微笑《わら》った。

こんなに綺麗《きれい》に微笑《ほほえ》む青年を、私は他に知らなかった。

「一度は攫《さら》ってでも、と思い詰めたこともあったけれどね」

彼のために淹《い》れた紅茶が、すっかり冷めてしまっている。私は新しく湯を沸かすために立ち上がり、精一杯貴重な来客をもてなそうとした。

「あの」

少し困ったような声で、遠慮がちに彼が言う。

「教えてくだされば、俺がやります。いえ、ご面倒でなければ手順を教えてください」

「紅茶が気に入った？」

私は、弾んだ心でそう問い返した。

今の時代、日本で紅茶はまだ知られたばかりの飲み物だった。けれど、私の生まれ育った国ではこれがなくては話が始まらない。静かな生活の唯一の友と言ってもいい。

「はい、とても。それに、色が綺麗です。澄んだ赤で、宝石を飲んでいる気がします」

「嬉《うれ》しいね。私は君たちの国のお茶も好きだけれど……芽吹きの色は元気が出るよ」

「それでしたら、今度は俺がお茶を点《た》てましょう」

思いがけない提案に、私はますます浮き立った。では、彼はここが気に入ったのだ。一人暮らしのこぢんまりとした邸宅だが、私と過ごす空間と時間を少しは快適に感じてくれたのだろう。今度、という言葉は曖昧《あいまい》で、遠回しに約束を回避する狡《ずる》さを含んでいると思っていたが、良い意味で使われたことが嬉しかった。

「君は、お茶を嗜《たしな》んでいるの？」

「お稽古《けいこ》でやらされました。お客様には、いろんな趣味の方がいらっしゃいますので」

私が「嗜む」なんて言い回しをしたので、些か彼は驚いたようだ。感情を崩《くず》さず、楚々《そそ》と活《い》けられた石楠花《しゃくなげ》のような佇《たたず》まいから、はっと綻《ほころ》ぶ素顔が零れ落ちる。

「日本に住んで、もう十年にはなるからね」

胸のときめきを悟られないよう、極めて注意深く私は笑った。

「祖国で大学を出て、すぐ船に飛び乗ったよ。憧《あこが》れの東洋の地で、何かが私を待っているような気がした。それ以来、一度も国へ帰ってはいないな。両親はとっくに亡くなって、近しい身内もいない気楽な身の上だからね」

「それじゃ、俺と同じですね」

「え？」

「俺にも、身内と呼べる人はいないんです。天涯孤独、さっぱりしたものですよ」

淹れ直した紅茶の湯気に瞳を細め、さらりと彼は答える。彼のような境遇の人間は、それぞれが重い事情を背負っている。それくらいのことは私でも知っているが、大半は貧しい家の出で家族を養うために働いている子が多い。

「では、君がこの街で働く意味は何なのかな」

「え……」

「あ、すまない。立ち入った質問をしたね。悪かった、無理に答える必要はないよ。あまりに君が……何て言えばいいんだろう……そうだな、軽やかに見えたものだから」

「俺が……ですか？」

初めて、彼が可愛《かわい》らしくなった。

黒目を丸くさせて戸惑う様子は、昼間の仔猫《こねこ》のようにあどけない。

「軽やかなんて、とんでもありませんよ」

くすり、と苦笑いが唇に浮かんだ。

「余計なものが、たくさんこの身に染み付いています。多分、死ぬまで落とせないでしょうね。でも、自分で選んで生きてきた道ですから後悔はしていませんよ」

「そうか……見た目だけでわかった風な口を利いて、申し訳なかったね」

「いいえ。お蔭《かげ》で自信がつきました」

悪戯《いたずら》っぽくこちらを見上げ、彼はゆっくりと首を振る。

「俺のお客様は、浮世を忘れるためにいらっしゃいます。もてなす側が重たくっちゃ、ずいぶんと興醒《きょうざ》めじゃありませんか。軽やかでいいんです。そういう生き物でありたいです」

「…………」

不思議な青年だな、と思った。

そうして、少し嘘《うそ》つきなのもわかった。

恐らく「余計なものが染み付いた」身体ごと、彼を受け止めている人物がいるのだ。そうでなくて、あんな穏やかな目ではいられまい。どんなに気丈に振る舞っても、己を肯定していない人間は瞳から荒《すさ》んでいく。だが、彼には濁りがなかった。もっと正確に言えば、濾過《ろか》するものがしっかりと心の内にあるのだと思う。

私は、深く得心した。上流階級の友人たちの内、とびきりの趣味人が「一度は会っておくべきだ」と強く私に薦めた理由がよくわかった。

彼は、私の初恋のあるべき姿だ。

こうであったらと思い描く、私の理想の恋を生きていた。その相手に嫉妬することも忘れて、ようやく出会えたと感激に胸が詰まった。

「あの、お話を戻してしまいますが」

私の胸中など知らぬげに、少しはにかみながら彼は言った。

「差し支えなければ、後で紅茶の淹れ方を教えてください。覚えたいんです」

「ああ、構わないよ。そうしたら、次から君が淹れてくれるかな」

「ええ、もちろんです。ありがとうございます」

余計なことは一言も足さなかったが、きっと愛しい相手に飲ませたいのだろう。いじらしい申し出は、まだ二十歳の彼を年相応に見せる。私は淋《さび》しくて嬉しい、という相反する感情を生まれて初めて味わった。

「では、お茶を飲みながらレッスンの続きをしようか」

ようやく、私たちは本来の目的を思い出した。

そうだ、陽《ひ》が落ちる前に彼を帰さなくてはならないのだ。

――あの紅殻《ベンガラ》格子の向こう側へ。

先刻から、恋人が機嫌を損ねている。

廓《くるわ》で身を売る自分と客の彼とは、世間の恋人同士のような逢瀬《おうせ》は儘《まま》ならない。それだけに二人の時間は密に過ごしたいのに、と佳雨《かう》はすっかり困り果ててしまった。

(弱ったな。せっかくの春の宵、若旦那《わかだんな》と夜桜見物でも、と思っていたんだけれど)

四月も上旬となると、桜を愛《め》でる時間は残り少ない。今日か明日かと心待ちにしていた相手の登楼だけに、無駄にしてしまうのは非常に心残りだった。

ここは、幾百の遊郭《ゆうかく》がひしめく色街の一角『翠雨楼《すいうろう》』。

昔ながらのしきたりや風習を重んじる楼主の元、そこその格式と風格を備えた見世《みせ》で働くのはいずれ劣らぬ美女ばかりだ。躾《しつけ》の行き届いた遊女が抱けるとなれば賑《にぎ》わいをみせるのは当然だが、中でも一風変わった存在が一番の呼び物となっていた。

男花魁《おいらん》――名前の通り、男が花魁として客の相手をするのだ。

無論、為《な》り手は誰でもいいというわけにはいかない。器量は言うに及ばず、仮にもお職を張るからには一通りの芸事をこなし、閨《ねや》の作法から機知に富んだ受け答えまで、あらゆる面で客を女以上に満足させなくてはいけなかった。それだけに数が少なく、色街全体でも五本の指で余るほどしかいない。何しろ男でありながら男でない、摩訶不思議《まかふしぎ》な存在だ。そうそう見込みのある者がいるはずもなく、彼らの希少価値はいや増すばかりだった。

佳雨は、そんな男花魁の一人だ。

十六で水揚げされて以来、二十歳の今日まで上客は引きも切らずに通い詰める。『翠雨楼』の看板は花魁、藤乃《ふじの》なので男の佳雨はあくまで『裏看板』にすぎないが、色街の人間で彼の噂《うわさ》を耳にしない者はいないくらいだ。

（そんな〝お高い〟この俺を、この人は拗《す》ねた顔一つで困らせるんだから）

寝間続きの座敷で二人きり、禿《かむろ》も新造《しんぞ》も下がらせて誰の目も気にせずいられるのに、恋人の百目鬼久弥《どうめきひさや》はむっつりと黙って酒を流し込んでいる。それが、また珍しかった。二十七歳という若さにしては粋な遊び方が身についており、酒の飲み方一つだってぞんざいにはしない男だ。何しろ、老舗《しにせ》の骨董《こっとう》商『百目鬼堂』の若き主人なのだから美意識は高い。

「あの、若旦那……」

畳に手を置いて、そろそろとにじり寄る。

薄紅の生地に牡丹《ぼたん》や桜を一緒にあしらった百花模様の小袖《こそで》、そこへ二枚重ねで藤色と銀の打掛を羽織った衣装は間違いなく彼の好みに叶《かな》っているはずだ。

佳雨は上目遣いに切ない目線を送り、小声で伺ってみた。

「せめて何か一言、しゃべっちゃくれませんか？」

「……ダメだ」

「何故《なぜ》です？」

無愛想に即答され、逆にホッと胸を撫で下ろした。

「そんな意地悪を仰《おっしゃ》られては、ますます放ってはおけないじゃないですか」

「何か言えば、すぐ愚痴へ繋《つな》がる。おまえに、恨《うら》み言を聞かせてしまう。そうならないように、俺はさっきから飲みたくもない酒で口を塞《ふさ》いでいるんだ。邪魔しないでくれ」

「それだけ話せるなら充分ですよ」

子どもの理屈に呆《あき》れ、ついいらぬ返事をしてしまう。実際、だんまりを通されるくらいなら悪態を吐《つ》かれる方がマシだった。勝ち気な性分ゆえニコニコ聞いてはやれないだろうが、少なくとも一緒にいる意味は見いだせる。一人で口喧嘩《くちげんか》はできないからだ。

「ねぇ、若旦那。こんな野暮《やぼ》なことを言いたくはありませんが、あんたは俺の時間を買っているんですよ？　こうして黙りこくっている間も、あんたの金は減り続けている。俺には、それが一番堪《こた》えます。それが俺への罰だと言うなら耐えますが、あんまり趣味の良いやり方じゃないじゃありませんか」

「また、おまえは屁理屈《へりくつ》を言う。罰に趣味の善《よ》し悪《あ》しがあるものか」

「ありますよ」

勢いで酒を呷《あお》ろうとした腕に窘《なだ》めの指をかけ、間近からきつく見つめ返す。久弥はうっと一瞬怯《ひる》んだ後、渋々と御猪口《おちょこ》を膳に戻した。それでも数秒しかめ面を続けた後、観念したように深々と溜《た》め息を漏らす。

「……わかった。俺の負けだ。だから、目の前で睨《にら》むのは止《や》めてくれ」

「おや、いきなり風向きが変わりましたね。もう拗ねるのは飽きましたか」

「飽きるも何も……」

言うなり、素早く佳雨の指を握って引き寄せる。上等な三つ揃《ぞろ》いの背広に視界を塞がれ、気がつけばその胸に顔を埋《うず》めていた。

「わ、若旦那……」

「おまえが、こうやって機嫌を取ってくれるのを待っていたんだ」

「そんな、仏頂面で自棄《やけ》酒を呷っている方に、いきなりしなだれかかったりできませんよ」

「してもいいのに」

真顔で久弥は答える。

「佳雨がすることなら、どんな見え透いた手でも乗ってやるさ」

「若旦那……」

「ああ、しまった。俺の悪い癖だ。こんな風に、すぐに手の内を明かしてしまう。だから、俺はおまえに勝てないんだな。やっぱり、余計な口は利かないに限る」

「また、そんな戯言《ざれごと》を仰る……」

仕様がないなぁ、と微笑んで、佳雨はそっと右手で久弥の唇に触れた。指先で思わせぶりに輪郭をなぞり、そのまま彼が嚙《か》んでくれるのを待つ。並びの良い白い歯に、優しく甘く嚙まれるのが好きだった。

「おまえが、男花魁で良かったよ」

心得ている久弥は、佳雨の右手を包み込んで貝のような爪《つめ》をちろりと舐《な》める。しばらくそうして焦《じ》らしながら、やがてご褒美を与えるように軽く歯を立てられた。

「あ……ッ」

「普通の花魁だとこうはいかない。結い上げた髪に簪《かんざし》が後光のように差していて、思い切り抱き締めるには工夫が必要だ。その点、おまえの短い髪はうってつけだね」

「褒めるのが、よりによってそこですか」

「接吻《せっぷん》しやすくなるし」

「…………」

瞬《まばた》きする間に軽く唇を吸われ、心臓がきゅっと痛くなった。

良かった、まだ求められている。そんな呟《つぶや》きを無意識に漏らしてしまう自分に、佳雨は少し切なくなる。どれほどしっかりと絆《きずな》を結び、互いの真《まこと》を信じ抜いた間柄でも、不安はどこまでも付き纏《まと》うものだ。それは、世の恋人たちと何ら変わらない有り様だった。

きっと、恋が続く限り逃れられない因果なのだろう。

そう開き直るしか道はなく、淡い憂いを胸にしまい込む。

「それにしたって、本当に水臭いよ、おまえは」

一通り口づけを交わした後、振り出しに戻って久弥が愚痴った。

「せめて、先に俺に相談してくれるのが筋ってものじゃないか」

「そろそろ勘弁してくださいな。俺はただ……」

「わかっているよ。英語を習うのは、将来のことを考えてだと言うんだろう？」

頷《うなず》く佳雨に、再び彼が溜め息をつく。登楼して早々に、何気なく紅茶の淹れ方を覚えたと口にしたところ、そこから英語を習い始めたことまで白状させられたのだ。しかし、どうやらそれが久弥のお気に召さなかったらしい。

「確かに、今日び外国語が話せる人間は食いっぱぐれがない。特にこれからの日本に、英語は大事な教養になるのは明白だ。おまえの年季が明けて大門を出て行く時、世の中は大きく変わっているだろうから」

「……はい」

廓への借金を全て返し終え、自由になるにはあと七年かかる。

久弥は待つと言ってくれるが、長年籠《かご》の鳥で暮らしてきた自分が世間に出たところで、彼のお荷物になるのは目に見えていた。お茶や三線《さんせん》、踊りなどの芸事はそこそこなせるが、できるなら久弥の役にたちたい。そう考えて、選んだのが英語を学ぶことだった。

「でも、まさかそれで若旦那の機嫌を損ねるとは思いませんでしたよ」

今度は、佳雨が拗ねる番だ。さんざん気を揉《も》まされたので、簡単に許してはやらないと言外に含んで冷ややかにねめつける。

「鍋島《なべしま》様のご紹介なのが、そんなに気に障りましたか？」

「当たり前だ。以前、俺が〝家庭教師をつけてやる〟と言ったら、おまえはとんでもないと頑《かたく》なに辞退したじゃないか。どうして俺はダメで、鍋島子爵ならいいんだ」

「それは……」

「おまけに、教師はデスモンド・セシル氏だというし」

その名前を、久弥はいかにも面白くなさそうに発音した。どうやら、彼が一番こだわっているのはそこらしい。デスモンドという男が、よもや久弥の知り合いとは思わなかった。

英国留学の経験がある久弥は『百目鬼堂』という老舗を背負っていることもあり、日本の骨董や芸術品に興味を持つ異国人と接する機会が非常に多い。佳雨が英語を身に付けようと決めたのもその辺が理由だが、顧客を広げるための夜会でデスモンドとは何度か顔を合わせたことがあるという。

「見世の客なら、いっそ割り切れるものを。相手が英語教師となると、俺は単なる嫉妬深い間夫《まぶ》にすぎなくなるよ。……それもまた情けない話だが」

「若旦那……」

普通に考えれば、デスモンドが同性愛者でもない限り佳雨に特別な興味を示すことはないはずだ。それでも、自分の恋人が仕事以外で誰かと一緒に過ごすことが、久弥には妬《や》けてしまうのだろう。滅多なことでは取り乱さない、飄々《ひょうひょう》とした遊び人の彼が人並みな独占欲を示す時、申し訳ないと思いつつも佳雨の心はほんのりと温まる。

「決めた。今夜はおまえを貸し切るぞ」

「え？」

「たとえ鍋島様が登楼しても譲らない。いいな、佳雨？　少しくらい、あの人に意地悪をさせてくれ。それで、もうくだらない嫉妬は終《しま》いにするから」

「……困ったお人ですね」

本心を言えば、嬉しくてたまらなかった。久弥の登楼は一週間ぶりで、どれだけ肌を重ねても足りないほど恋しい。けれど、その喜びもまた無償のものではないのだ。

「おまえは、俺に何もねだらないが……」

顎《あご》に触れる指先が、ゆっくりと佳雨を上向かせる。

目を閉じた瞬間、久弥の唇が重なり、震えるような快感が全身を満たしていった。

「たまには貢がせてくれないと、こっちが不安になる」

「若旦那が、ですか？」

「籠の鳥にだって、飛ぶ翼はあるからな」

そう言って、久弥はきつく抱き締める。まるで、離れていた分を取り戻そうとでもするように。その力強さに引きずられ、佳雨は成す術《すべ》もなく彼に身を投げ出した。熱い接吻が芯《しん》を蕩《とろ》かせ、触れられた場所に妖《あや》しく火が灯《とも》る。乱れた着物もそのままに抱き上げられ、久弥に閨まで運ばれた。

「ひさや……さま……」

不意に心細さがこみ上げ、縋《すが》るように名前を呼んでみる。自分を包む男の微熱が、佳雨の生きている証だった。溢《あふ》れる愛おしさを吐息に変え、自ら幾度も口づけをせがむ。「何もねだらない」と久弥は言うが、今の自分は獣のように貪欲《どんよく》だった。

桜の宵は、絡み合う二人の刹那《せつな》を彩る。

恋しい相手の肌に爪を立て、佳雨は束《つか》の間の夜に溺《おぼ》れていった。


花の匂《にお》いに鼻孔をくすぐられ、微睡《まどろみ》からゆっくりと目覚めた。

「ん……」

うっすらと瞳を開き、佳雨は褥《しとね》に自分しかいないことを知ってドキリとする。慌てて身を起こして緋襦袢《ひじゅばん》の前をかき合わせ、薄闇《うすやみ》の中へ目を凝らした。まさか帰ってしまったのだろうかと狼狽《ろうばい》したが、すぐに襖《ふすま》一枚隔てた座敷から微かな人の気配がする。

「若旦那……？」

ホッとして手近な小袖を一枚羽織り、そっと襖を開けてみた。佳雨の部屋は『翠雨楼』の二階にあり、中庭を見下ろす位置に窓があるのだが、久弥はそこから月を見上げている。物憂い風情は声をかけるのをためらうほどだったが、勇気を出して問いかけてみた。

「どうなさいました？　目が冴《さ》えてしまいましたか？」

「ああ、佳雨か。すまない、起こしたみたいだね」

「いいえ、俺こそ申し訳ありません。うっかり寝入ってしまって」

「おまえが謝ることはないさ。むしろ、寝顔を堪能できて得をした。玲瓏《れいろう》な花魁姿も見事だが、あどけなく眠る様を眺めるのは恋人の特権だ」

先刻飲み残した酒を、彼は月を肴《さかな》に飲んでいるようだ。誰か起こして新しいのを運ばせましょうか、と言ってみたが、それには及ばないと微笑まれた。

久弥が泊まる時は、佳雨が彼のために用意した着物に着替えるのが常だ。肌寒いのか上に背広の上着を引っ掛け、ボンヤリと月明かりに照らされている姿は、あまりに似合いすぎてどこぞの放蕩《ほうとう》息子といった趣があった。

「——あ」

ふと、その肩に目を留めた佳雨から声が漏れる。

屈《かが》んで伸ばした指が摘《つま》み上げたのは、小さな桜の花びらだった。

「もしかして、外に出ていらしてたんですか？」

「ああ、何だか懐かしくなってね」

「………」

「去年の今時分、おまえと夜桜見物に歩いたじゃないか。毎年この時期になると、色街には満開の桜が植えられる。その下を歩いて、屋台をひやかして。そうそう、おまえに綿あめを買ってやったっけ。あれは美味《うま》かったな」

「ええ。去年もこうして若旦那の肩から、花びらを摘んで差し上げましたよ」

あれから、もう一年が過ぎたのか。途方もなく長い時間だったような、瞬きするほどの一瞬だったような、そんな複雑な思いが胸を去来する。

だが、こうして変わらず久弥といる――佳雨には、そのことが誇らしい。苦界に生きながら、手を伸ばせば必ず愛しい相手に届く自分は奇跡のように幸せだと思った。

「……若旦那」

「ん？」

「俺は、本当にあんたと生きていいんでしょうか」

あまりに幸福で、急に不安になった。

勝ち気な佳雨らしくない心弱い言葉に、久弥は僅《わず》かに沈黙する。

「……うん」

やがて、柔らかく彼は頷いた。

傍らに両膝《りょうひざ》を突く佳雨へ右手を伸ばし、その頰《ほお》を手のひらで大切に包み込む。甘やかす仕草は時たまみせるが、今の久弥は逆に自分が甘えているような顔をしていた。

「うん、いいんだ」

「…………」

「おまえは、俺の生涯の伴侶《はんりょ》だ。佳雨、そのことを忘れないでくれ」

「は……」

はい、と答えようとしたのだが、どうしても声が出てこない。唇は震え、喉《のど》には熱い固まりがこみ上げて、この場で涙を零さないように振る舞うのが精一杯だ。

「おまえの年季が明けたら、また家の枝垂《しだ》れ桜を見においで」

まるで明日の約束を取り付けるように、久弥はそう言ってまた笑った。


『翠雨楼』の男花魁は、佳雨の他にもう二人いる。一人は一昨年の暮れに水揚げされたばかりの、まだ年若い梓《あずさ》という少年。そうして、もう一人は禿として佳雨の世話係を務めているまだ十五になるかならずの希里《きさと》だ。

「何だよ、佳雨。一人でニヤニヤしやがって」

秋田の貧しい農家から、希里は口減らしで売られてきた。普通はどこぞの商店に奉公へ出るところだが、女衒《ぜげん》から顔立ちの良さを見込まれて色街にやってきたのだ。持ち前の跳ねっ返りな性分が災いして「生意気」「可愛《かわい》げがない」「礼儀を知らない」と廓内ではさんざんな評判だが、佳雨は案外そこを気に入っている。お蔭で、先輩のこちらに対しても物怖《ものお》じせずズケズケと話す、少々風変りな禿になっていた。

「気味が悪いから、やめろよな。それとも、よっぽど良いことでもあったのかよ」

「いや……ちょいと思い出していたのさ」

「何を？」

「おまえが『翠雨楼』へ来て、もう一年がたったんだなぁって」

「へ……」

田舎《いなか》から出てきて見るもの聞くものが珍しい日々の中、ゆっくり昔を振り返っている余裕などなかったのだろう。佳雨から指摘を受け、彼は真っ黒な目をくるんと見張る。口の悪い連中からはいつまでたっても垢抜《あかぬ》けないごぼうだと影口を叩《たた》かれているが、なかなかどうして生命力に溢れた凜々《りり》しくも愛らしい容姿だ。

「覚えていないのかい？　おまえ、死んでも男花魁になるのは嫌だと言って俺の指を嚙んだじゃないか。売られてきたその日に折檻《せっかん》部屋行きだなんて、そんな鼻っ柱の強い妓《こ》は俺の知る限りおまえくらいだよ」

「うっ、うるせぇなっ」

「おや、赤くなっている。してみると、あの頃よりは大人になったようだ」

「知るもんかっ」

プイと横を向き、つっけんどんに怒鳴り返す。郷里の訛《なま》りが抜け、廓の水にもそれなりに馴染《なじ》んできているようだが、やはりこういうところは昔のままだ。佳雨は妙に嬉しい気持ちになりながら、手入れの途中で止めていた朝顔に視線を移した。

久弥から贈られた朝顔は、かいがいしく世話を焼いた甲斐《かい》もあって今では三つの鉢に増えている。育ってからは物干し台へ置かせてもらっているが、日に一度か二度はこうして自分の手で様子をみるのがささやかな楽しみだった。

「それにしても、変な組み合わせだよなぁ」

もう機嫌を直したのか、希里が腕組みをしてこまっしゃくれた口を利く。

「真っ赤な腰巻きやら襦袢がひらひらしてる中に、園芸の鉢が並んでてさ。この前、朝顔の支柱に腰巻きの紐《ひも》が絡んだって騒いでる奴がいたぞ」

「それでも、俺が大事にしているって知ってるから、皆ぞんざいにしたりしない。有難いことだよ。まぁ、白玉姐《しらたまねえ》さんが睨みを利かせてくれているしね」

陽当たりの一番良いところを陣取っているので、他の遊女からの風当たりが強いことは承知の上だ。それでも、わざと鉢を倒されたり新芽がむしられたのは最初だけで、結局は佳雨の粘り勝ちになった。

「今日は良い天気だ。あんまり、お天道様を拝む機会がないから有難いね」

「何、年寄り臭いこと言ってんだよ。異国の言葉を習い始めたり、急に思い出し笑いをしたり、佳雨はこの頃ちょっと変だぞ」

物干し台は登楼した客から見えないよう、出入り口に木戸がついている。だから、ここへ出てしまえば人目を気にすることもなく、たっぷり開放感に浸ることができた。実は、その点も佳雨の密《ひそ》かなお気に入りとなっている。

「英語の勉強は、以前から考えていたんだよ。今回はたまたま、鍋島様のお知り合いに良い方がいらしただけのことさ。それに、おまえは一年よくもったと思ってね。今だから白状するが、いつ逃げ出すんじゃないかと気を揉んでいたんだから」

「そうなのか？」

軽く衝撃を受けたのか、希里が真顔で訊《き》いてきた。

「でも、俺、逃げたりなんかしねぇよ」

「希里……？」

「佳雨の部屋、俺が売れっ妓になったらくれるんだろ。あそこは、見世で一番の花魁が使う部屋だって。佳雨の姉さんが、身請けされるまで住んでいたんだよな？」

「ああ、そうだよ。雪紅《せっこう》姐さんは、あの部屋で稼いだ金で俺を養っていたんだ」

話しながら、懐かしい面影を脳裏に思い描く。普段はあえて考えないようにしているが、佳雨の実の姉、雪紅はかつて色街に君臨する当代一の花魁として名を馳《は》せた存在だった。

「当時の威光は、そりゃもう凄《すご》かったものさ。並み居るお大尽が列をなして、雪紅姐さんのご機嫌を取ろうと躍起になっていた。弟ながら、惚《ほ》れ惚れとする女っぷりだったね」

「ふぅん。でも、佳雨は姉さんとそっくりなんだろ。よく白玉姐さんが言ってるぞ」

「俺なんか、足元にも及ばないさ。それに、男花魁になった俺とはもう縁のない人だ。似ているなんて言われたら、きっと迷惑がるに違いないよ」

「佳雨……」

美しさと聡明さを見初《みそ》められ、雪紅は呉服問屋の主人に後妻として身請けされた。だが、意に反して佳雨が色街へ留《とど》まったため絶縁状態になっている。彼女は弟を嫁入り先へ連れて行き、まともな生活を送らせたい一心で嫁いだのだから無理もなかった。

「今更、姉さんに会わせる顔なんかないからね」

そう言いながらも、心の中では恋しい思いを燻《くすぶ》らせ続けている。この世でたった二人きりの姉弟であり、売られてきた日から肩寄せあって生きてきた相手なのだ。二度と会うまいと決めてはいるが、その幸せを願わずにはいられなかった。

雪紅――その名に反して火のように激しく、女王のように誇り高い。

類《たぐい》まれな美貌《びぼう》と共に、今も彼女は色街の語り草になっている。

「……あのさ、佳雨」

うっかりしんみりしかけたところ、希里がおずおずと口を開いた。我に返った佳雨は決まりが悪くなり、急いで笑みを作る。何だい、と目で問うと、貫くような視線を朝顔に向け、希里はポツンと呟いた。

「俺、来年には水揚げが決まると思う」

隣にちょこんとしゃがみ込み、ハッとする佳雨を振り向かずに彼は言う。細い身体に纏った女物のお下がりの着物も、いつの間にか抵抗なく着こなすようになっていた。

「……もう十五になるし。こないだ、楼主のジジイに呼ばれて言われたんだ。夏前には新造に格上げしてやるから、佳雨の座敷に一緒に出ろって」

「希里……」

「俺の前に新造だった梓の水揚げは十六だったろ？　だから、俺も来年には男花魁だ」

「…………」

男に抱かれるなんて真っ平だ、と希里は事あるごとに言っていた。まして、佳雨のように同性と恋仲になるなんて想像もできないと。だから、何度も根気よく言ってきかせた。

おまえは、気持ちまで女にならなくていい。自分が久弥と恋に落ちたのは、それとは別物なんだからと。おまえは、おまえのままで花魁としてどう生きるべきか、それだけを考えればいいのだと佳雨は丁寧に諭し続けた。

その彼が、男花魁になる運命を淡々と受け入れている。一年に及ぶ廓の日々が希里を諦《あきら》めに導いたのだろうかと、いらぬ不安が佳雨の胸に兆した——が。

「違うって。俺、自棄になったわけじゃねぇよ」

「え……」

「逃げたところで、行くところなんかねぇんだ。俺は、親に売られたんだもんな」

少しだけ大人びた横顔で、希里は丸くなって膝を抱えた。

「男と寝るのは商売で、それ以上でも以下でもない。だけど、確かに削《けず》られていくものはある。佳雨は、俺にそう言っただろ？　その時、『おまえの本当』がわかるって。何かが残るのか、食い散らかされて終わりなのか、全部おまえ次第なんだよって」

「ああ、そうだった。ふふ、俺も偉そうな口を叩いたもんだ」

「佳雨は、いつだって偉そうだ。しゃっきり一人で立って、怖《こわ》いもんなんか何もないって顔してさ。だけど、俺、知ってるよ。佳雨が、若旦那といる時は脆《もろ》いってこと」

ニヤリと抜け目ない笑いを浮かべ、ようやく真っ黒な瞳がこちらを見る。

「子どもみたいに怖がりだし、たまに手が震えてるよな。おまえの〝強い〟は、全部どこかに置き忘れてきたみたいだ。それなのに、若旦那のためにはどんな無茶もする。一度は、大門まで脱け出してさ。本当なら、花魁が足抜けしたって大騒ぎになるとこなんだろ」

「う……まぁ、そのことを言われると、どうにも困るね」

無我夢中で犯した罪だけに、佳雨は返答に窮してしまう。あの時は鍋島子爵の協力があったお蔭で事なきを得たが、久弥にもひどく叱られた。まったく、我ながら無謀《むぼう》な真似《まね》をしたものだ。普通なら、一日二日の折檻ではきかない大罪なのだ。

「考えてみると、俺はおまえに説教なんかできる立場じゃなかったよ」

居心地が悪いな、と付け加えると、意外にも希里は強く首を振った。

「俺が言いたいのは、そんなことじゃねぇよ。つまり、その……」

「うん？」

「――覚悟が固まった。部屋持ちになりたいとか、そんなんじゃない。俺、ここで生きていく。男と寝ようが女物の着物で着飾ろうが、俺は俺だ。最後に何が残せるのか、ちゃんと見極めてやろうと思うんだ」

「希里……」

「だから、佳雨や梓と同じ、男花魁になるよ」

「…………」

春の風が、温《ぬる》く頬を撫《な》でていく。

頭上では遊女たちの洗濯物がはためき、支柱に絡まる朝顔の葉が揺れていた。

「そうか……」

良い天気だ、と佳雨は思う。

夜に蠢《うごめ》き淫《みだ》らな営みを糧《かて》とする街だが、それでも晴天の陽差しは暖かくて心地が好《よ》い。

二人はしばし何も言わず、黙って朝顔を眺めていた。


久弥が当主を務める『百目鬼堂』は、一世紀以上に亘《わた》って公家や武家を相手に骨董の売り買いをしてきた老舗の大店《おおだな》だ。久弥の父である先代が病気で亡くなり、彼が後を継いでから二年余り、表向きの商売とは別の密かな目的もいよいよ達成間近になってきた。

「ふぅん。じゃあ、残りは赤楽《あからく》の茶碗《ちゃわん》だけか」

遅い昼食にざる蕎麦《そば》を景気よくかっ込み、帝大時代からの友人、九条信行《くじょうのぶゆき》は眉間《みけん》へ皺《しわ》を寄せる。粗雑な振る舞いをしても育ちの良さが滲《にじ》み出る彼は、爽《さわ》やかな外見に似合わず、この春に警部へ昇進したばかりの刑事だった。家柄と学歴が物を言ってエリート街道を歩んではいるが、本人はそれなりに理想を抱《いだ》いて警察庁入りをしたらしい。

「ああ、やっとだよ。蔵から盗まれた五つの品、いずれも曰《いわ》くつきで人手に渡したくない物ばかりだったが、ようやく次の茶碗で最後だ。今度は、どんな形で戻ってくるかな」

「そういや、青白磁の鉢から始まって十月の沈金細工の手鏡まで、結局は全部形を失ってしまったものなぁ。偶然とはいえ、こうまで重なると気味が悪くないか？」

「とどのつまりは、俺の手には余る品だということだろう」

先に食べ終えた久弥は、蕎麦湯のお銚子《ちょうし》へ手を伸ばしながら嘆息した。友人の手前、冗談めかして受け流したが、実際は盗まれた骨董たちに相応《ふさわ》しい最期だったのだと奇妙な感慨を覚えている。どこをどう流れたものやら、それぞれ骨董は新たな持ち主を得ていたが、いずれも主人を修羅の道へと導いているからだ。

もっとも、それは持ち主の心映えに大きく関わっている。抑えた欲望や抱える闇が深いほど影響を受けやすく、真逆の人間にとっては単なる土くれでしかない。

「で、今日はまた何なんだ。久しぶりに飯でも食おうと言う割に、あまり時間があるようには見えないが？　九条、おまえでも大衆蕎麦屋なんて入るんだな」

「バカを言うな。俺は刑事だぞ。自分の足で歩き回ってナンボな商売だ。弁当を作ってくれる可愛い妻がいるでなし、昼飯なんていつもこんなものだよ」

「へぇ、変われば変わるもんだ。俺たちの仲間内でも、おまえが一番坊ちゃん坊ちゃんしていたのに。やはり、ご両親の反対を押し切っただけのことはあるな」

「おまえに言われたかないよ、百目鬼」

真面目《まじめ》に感心したのに、九条は憮然《ぶぜん》とした面持ちで蕎麦湯を奪い返した。

「しかし、時間がないのは本当だ。実は、先月に坂巻町《さかまき》で起きた強盗殺人のヤマを追っている。おまえ、詳細は知っているか？」

「ああ、それなら新聞で読んだよ。確か、染色工場を営んでいる社長が細君の留守中に自宅で刺殺されたんだったな。白昼堂々、目撃者もなし。目ぼしい金品と僅かな現金を盗んで、犯人は未だ逃走中。そうか、あれは九条が担当しているのか。おまえのことだ、どうせ自ら現場にしゃしゃり出て部下にお守りをさせているんだろう」

「うるさい、余計なお世話だ。で、一つ気になることがあるんだが……」

微妙に昼食時を外したので、店内はさほど混みあっているわけではない。それでも九条は一段低く声を落とし、周囲に気を配りながら囁《ささや》いた。

「殺人現場から盗まれた品の中で、おまえに確認を取りたいものがある」

「骨董かい？」

「察しがいいな。だが、それだけじゃないんだ。第一発見者でもある細君から聞き込んだ話によると、被害者が数ヶ月前に手に入れた茶碗が無くなっているらしい。そう、ここまで話せばわかるな？　江戸時代中期に京都の陶工が作った、赤楽の茶碗なんだよ」

「赤楽の……」

「無論、おまえが探している品と同一かどうかはわからない。どれほど貴重な物か知らないが、世に赤楽の茶碗は一つではないだろう。だが、もし当たりなら捜査の手がかりになるんじゃないかと思ってな。ここに、細君から預かった書きつけがある。詳しい入手経路は被害者しか知らなかったそうだが、茶碗はさんざん自慢されたんだそうだ。だから、その形状や文様について覚えている限りを書いてもらった」

「見せてくれ」

上ずる声でせっつくと、九条は満足げにニヤリと笑う。過酷な現場で揉まれた甲斐あってか、そんな笑い方が嫌みなく似合うようになっていた。

丁寧に折り畳まれた紙片を広げ、久弥は逸《はや》る心を抑えて黙読する。だが、物の一分もたたない内にすっかり確信を抱いていた。間違いなく、強盗が持ち去った骨董は『百目鬼堂』の蔵から盗まれた赤楽茶碗だ。

「当たりだ、九条。よく教えてくれた」

「そんな箇条書きの説明だけで、断言できるものなのか？」

さすがに即答するとは思わなかったのか、もっともな疑問を投げかけられる。九条にしてみれば、ダメでもともと、程度だったのだろう。

「後で見つかってぬか喜び、なんて気の毒だからなぁ」

「ありがとう。だが、心配ないさ。ほら、文様の説明文に〝赤楽釉に黒い斑紋《はんもん》〟と書いてあるだろう？　しかも、ただの斑紋じゃあない。〝黒猫のように見えます〟とある。意図的ではなく偶然の産物だけに、そうそう出回るような柄ではないさ。しかも、〝赤の色味がまろやか〟で〝縁《ふち》は不揃いの波がうねっているよう〟だという。何より、高台内に記された陶工の紋が幸乃丞《ゆきのじょう》だ。これだけ条件が揃っていれば、箱など無くても太鼓判を押すよ」

「へぇ、伊達に骨董商はやっていないな。それだけ立て板に水で話せりゃ、大したもんだ」

半ば興奮気味に説明する久弥へ、九条はくすりと笑んでみせた。しかし、すぐさま本来の目的を思い出したのか、きりりと表情を引き締める。そう、いくら持ち主が判明したところで現物は強盗が持ち去ってしまっているのだ。ある意味、振り出しに戻ったと言えなくもない。おまけに、殺人という禍々《まがまが》しい事件付きだ。

「他にも金目の物は盗られたそうだが、骨董なんざ蒐集《しゅうしゅう》家でもない限りすぐに売っ払うのが常套《じょうとう》だろう。百目鬼のお蔭で詳細な作りがわかりそうだし、盗品流れで見つかればすぐ犯人まで辿《たど》り着けるさ。だが、念のために絵に起こしてもらおうか。被害者の細君にも、警察署から絵心のある者が伺っているところだ。後で、そいつを寄越すから協力してくれ。二つの絵を照らし合わせて同一とわかれば、より確実だしな」

「おいおい、頼み事はそれだけじゃないだろう？」

「え？」

「盗品流れなら、こっちも蔵から盗まれた当初にすぐ調べた。その時に利用した情報屋を、俺に紹介してほしいんじゃないのか？　何と言っても、蛇《じゃ》の道は蛇《へび》だ。警察が正面から当たるより、よほど早く真実が摑《つか》めるぞ」

「……まいったな」

図星を指された九条は、照れ臭そうに頭を掻《か》いた。正直に顔に出るところは学生時代のまま で、そんな友人に久弥も少しホッとする。

「大丈夫、協力はするよ。ただし、こちらからも条件がある。問題の茶碗が見つかったら、必ず俺に知らせてくれ。証拠品としてしばらくは警察に留められるだろうが、いずれ遺族に返されたら買い戻しの交渉をしたい」

「もちろん、そのつもりだ。よし、商談成立だな」

トントン拍子に話が進み、気を良くした九条が「支払いは任せろ」と店員を呼んだ。しかし、久弥はそれをあっさり辞退する。水臭い、と怒られたが、友人という立場から捜査情報を特別に教えてもらったことを思えば、蕎麦の一杯や二杯、ご馳走《ちそう》しなくてはならないのはこちらの方だった。

「ま、いいさ。それなら、奢《おご》りは『蜻蛉《とんぼ》』にしよう。あそこも亭主の豊蔵《とよぞう》が事件を起こしてからはさんざんだったが、女将《おかみ》が頑張って切り盛りして昔の客が戻りつつあるそうだ」

「そうか、それは嬉しいな。親父《おやじ》の代から贔屓《ひいき》にしている店だ。頑張ってほしいよ」

ありがとうございました、と景気の良い声に見送られ、二人はからりと引き戸を開けて表へ出る。舗装された通りには、桜の花びらが何枚も吹き溜《だ》まっていた。すぐ近くに大木があるらしく、風に乗ってひらひら舞っているものもある。

「おまえ、佳雨さんには会っているのか?」

何を思ったのか、不意に九条がそう尋ねてきた。

彼の目は久弥ではなく、ひたすら散る桜を追っている。

「この潔い散り方を見ていると、佳雨さんを思い出すよ。ぱあっと華やかに開いて、一番綺麗な時にさっと風に身を任せてしまう。愛でる側の人間を、つくづく翻弄《ほんろう》する花だよな」

「九条……おまえ……」

「あ、誤解すんなよ？　俺は、人間としてあの子に興味があるんだ。いくら男花魁だからって、親友の恋人をそんな目で見たりはしないよ」

「でも、聞くところによると以前より色街へ出向くことが増えたそうじゃないか。佳雨が可愛がっている禿の希里が、何遍かおまえを見かけたと言っていたぞ」

「それは、たまたまだ。別に女を買いに行っているわけじゃない。ちょっと、風変りな友人ができたんだよ。いや、俺の話はいいんだって。百目鬼、おまえのことだよ」

「俺？」

視線を戻した九条は、もう見慣れた気安い彼だった。

「噂を耳にしたんだ。佳雨さん、色街に住む英国人に語学を習いに行っているそうだな。それも、鍋島子爵の紹介とか。――大丈夫なのか？」

「ああ、そういうことか」

その話で、何となく九条の言う「風変りな友人」が誰なのか見当がついた。だが、それにしても地獄耳だ。久弥は苦笑を堪えながら、とりあえず駅に向かって歩き出す。隣に並んだ九条は、何とも納得しかねる表情で口を開いた。

「いや、余計なお世話なのは承知しているんだ。でも、『蜻蛉』の豊蔵だって佳雨さんの身請けを熱望するあまり、手に入らないとわかった途端、暴走しただろう？　男花魁が希少で、誰にでも替えがきく存在じゃないのは俺だって知っている。その英国人が、佳雨さんを見初めて落籍《ひか》すなんて言い出したら……」

「実は、そのことではもう佳雨とやりあったよ」

「え？」

「恥ずかしい話だが、大人げないほど嫉妬してね。大体、鍋島子爵に相談するなんて水臭い話じゃないか。そりゃあ、あの人に比べれば俺は若造で頼りにならないだろうが、何と言ってもあの好事家な子爵のことだ。単純に理想的な教師を選ぶとは思えない」

そこまでいっきに説明してから、ふと己の矛盾に面食らう。

佳雨は、男に身を売って生きている。

どんな綺麗ごとを並べようが事実だし、本人が一番それを自覚している。だからこそ、この恋に踏み出すのは互いに勇気がいることだった。愛する人がいながら抱かれ、夜毎《よごと》偽りの恋情を紡ぎ続ける日々を自分は佳雨に強《し》いている。それなのに、久弥の嫉妬の矛先は見世の客よりも、肉欲を省いた男へ向かってしまったのだ。

（我ながら、業の深いことだな……）

軽い自己嫌悪に陥りながら、実に狭量だったと反省する。

無論、ずっと以前から佳雨を抱く数多《あまた》の男たちは嫉妬の対象だった。けれど、それは遊女を恋人にした者が誰でも背負う宿業であり、そこから逃れる術はない。久弥にも、そんな覚悟がどこかにあった。

けれど、相手が『客』ではないなら話は違う。

自分と同じ土俵に立つ男には、どうしたって対抗意識が芽生えてしまう。

『若旦那は、紅茶がお好きですか？』

先だって久々に登楼した夜、何気なく佳雨はそう言った。茶葉が欲しいのかい、と訊き返すと、そうではなくて飲ませて差し上げたいんです、と答えるではないか。

『さる英国の紳士から、美味《おい》しい紅茶の淹れ方を教わっているところなんです。若旦那は英国へ留学経験がおありですから、俺も本場のきちんとした味を覚えたくて』

何も疚《やま》しいところがないことは、はにかんだ微笑から容易に窺《うかが》えた。それどころか、自分のためにと言ってくれた心持ちは掛け値なしに嬉しかった。

なのに、胸を焼く嫉妬に負けて、つい佳雨を困らせてしまった。

「おい、百目鬼。もう駅に着くぞ。俺は署に戻るが、おまえは……」

「え……あ、ああ。すまない、うっかり考え事をしていた」

言い訳するまでもなく、きっと九条は察しているのだろう。呑気《のんき》なお坊ちゃんに見えて、なかなかどうして勘の良い男だ。久弥が自分で持て余している感情や、屈折した嫉妬の成り立ちも言わずして理解しているに違いない。

「まぁ、その、何だ、鍋島子爵の思惑はともかく、佳雨さんが英語を学ぶのは良いことだ。おまえの商売にだって、きっと役に立つだろう。評判の花魁にそこまで想われるなんて、男冥利《みょうり》に尽きる話じゃないか」

「……そうだな」

適当な相槌《あいづち》を打って角を曲がると、駅舎の瀟洒《しょうしゃ》な屋根が見えてきた。米国の著名な建築家が設計した、活動写真にでも出てきそうな建物だ。最先端だと話題になったこの駅舎を、佳雨は「見てみたいですね」と言っていた。大門を出たら、必ず行ってみますと。

『その頃には、最先端ではなくなっているかもしれませんが』

儚《はかな》く笑った顔が瞼《まぶた》に浮かび、無性に会いたくなった。

「すまん、九条。俺は、ちょっと用事を思い出した」

「ん？　いや、別に謝ることはないさ。こっちこそ、急に呼び出して悪かったな」

「茶碗の件、絵描きは神田の店まで寄越してくれ。じゃあ、また」

「おう」

そわそわと踵《きびす》を返す姿に、友人はやれやれと嘆息しているはずだ。振り返るのも気まずいので、久弥はそのまま早足で立ち去ることにする。夜見世までには少し時間があるし、何か佳雨と希里の好物でも土産《みやげ》に買っていってやろう、と思った。

（そういえば、近くに『観月屋《みづきや》』があったな。今の時期なら桜餅《さくらもち》か）

好みでいけば道明寺に軍配が上がるが、『観月屋』の桜餅は老舗の和菓子屋が誇る人気商品だ。早速そちらに向かう最中、ふと一軒の扇子屋の前を通りがかった。こぢんまりした古い作りだが、店頭に飾られた扇子はどれも素晴らしい出来で、扇面に描かれた絵柄もそれぞれ趣向が凝らされていて美しい。

色気と食い気。どちらを取るべきだろうか。

久弥はしばし考え込み、迷うくらいなら両方を選ぶことにした。過剰な贈り物を佳雨は嫌がるが、扇子くらいなら気楽に受け取ってくれるかもしれない。

よし決めた、と店の取っ手に指をかけようとした時、一瞬早く扉が横滑りに動いた。

「おや……」

「あ、すみません。どうぞ、先にお出になってください」

着物姿の四十絡みの男性が出てくるところに出くわし、久弥は機敏な身のこなしで道を譲る。小僧は連れていなかったが、男性の衣装は見事な大島紬《おおしまつむぎ》だった。立ち居振る舞いが滑《なめ》らかで、気負わず着こなす様は歌舞伎役者か踊りの師匠かと勘繰ってしまうほどだ。

「あの……」

「はい?」

すれ違い様、男が親しげに声をかけてきた。

「もしや、あなたは『百目鬼堂』のご主人じゃありませんか?」

「え……」

「神田でも一、二を争う骨董商の。お店には、昔何度かお邪魔したことが」

思いがけない言葉に、久弥は軽く戸惑った。そっちはともかく、こっちは相手のことを何も知らないのだ。だが、せっかくの縁を無下にする道理もないので、にこりと微笑んで「そうでしたか」と調子を合わせた。

「それは、大変失礼いたしました。私は滅多に店頭へ出ず、もっぱら仕入れに駆けずり回っておりますもので。本日は、扇をお買い求めに?」

「ええ、妻に贈ろうと思いましてね。ずいぶん目が肥えていて、そこらの安物じゃ満足してくれません。その点、こちらの店は長いお付き合いで信用できますし」

「それは良いことを聞きました。私も、贈り物を探しに来たんですよ」

では、と立ち話を切り上げ、久弥は店へ入ろうとした。だが、続く男性の言葉を耳にするなりギクリと足が動かなくなる。

「今……何て……」

肩越しに振り返った先で、男性が人懐こい笑みを浮かべていた。ひと回りは年上だろうが、柔らかな印象と威圧感のない表情のせいか、まるで旧知の相手と話しているようだ。

「あなた、今確か……」

「ええ。佳雨花魁は、お元気ですか——そう申し上げました」

「………」

「おやおや、そんなに驚かないでください。『百目鬼堂』の若旦那とくれば、色街で評判の男花魁と良い仲なのは耳にしておりますよ。あなたが間夫《まぶ》になった時は、遊女百人が嘆いたと噂になりましたからね」

一体、目の前の人物は何者だろう。

不躾な話題の振り方に、面食らったまま久弥は黙り込む。粋な身のこなしから相当遊び慣れていそうではあるが、それにしたって通りすがりに口にする内容ではない。

「ああ、これは失礼しました。まずは、私が名乗るのが礼儀でしたね」

警戒心も露《あら》わな眼差《まなざ》しに、くすりと笑んで男性は言った。

「私は、京橋の呉服問屋『つばき』の当主、椿清太郎《つばきせいたろう》と申します。妻は登志子《としこ》。いえ、あなたには『雪紅』と申し上げた方がよろしいかな」

佳雨に英語を教えるデスモンド・セシルは、来日して十年以上になるイギリス紳士だ。ロンドンで高級百貨店を経営している一族の御曹司《おんぞうし》で、日本に逗留《とうりゅう》中の世話は事業の取り引き相手でもあった鍋島家で引き受けている。

『あの有閑息子は、親族から首に縄でもつけられない限り母国へ戻るまいよ』

最初にデスモンドについて語った時、鍋島義重《よししげ》は皮肉とも冗談ともつかない口調で言った。

『慈善活動で英語教師などして暇を潰《つぶ》すこともあるが、大体は気儘《きまま》な暮らしぶりだ。まだ三十を少し過ぎたばかりだが、特にこの一、二年は外出さえあまりしなくなって、日がな一日お茶を飲んだり音楽を聴いたり本を読んだりして過ごしているそうだ』

『要するに、悠々自適な趣味人でいらっしゃるんですね』

『まぁ、そんなところか。彼の両親はすでに亡くなっていて、ずいぶんな遺産があるという話だからね。特に働く必要もないし、本人もあまり丈夫な性質ではないらしい』

『困りました。そんなお方が、俺のような者に英語を教えてくださるでしょうか』

廓の座敷で思わず話が弾んだことを、早くも後悔しながら佳雨は尋ねる。義重は愛用の切子の御猪口を軽く傾け、自信たっぷりに頷いた。

『その点は心配しなくていい。彼は一時期色街へ通い詰めていてね、遊女を買うだけではなく、そこで生活する人々の空気をいたく気に入っているんだ。以前は我が家の別宅に客人として留まっていたが、現在はわざわざ色街に小さな洋館を建てて住んでいるほどだよ』

『え、では俺の方から通ってもよろしいんですか……？』

『もちろんだとも。おまえは、大門から外へは出られないからね。彼が家庭教師として廓を訪ねるのもいいが、周囲の目もあるし落ち着いて勉強ができまい？　そもそもデスモンド本人が非常に気まぐれで、真面目に通い続けられるかわからないと言うんだ。だったら、生徒が通って来てくれと。唯一、それが英語を教える条件だそうだ』

『はぁ……そうですか……』

話を聞くだけでも、かなり変わった異国人のようだ。仲介の義重からして癖のある人物なので、まさしく類は友を呼ぶというやつだろう。

義重は、佳雨の水揚げをした一番古い馴染み客だ。

高い教養や独特の美意識は他の追随を許さず、貴族然とした性分は人生に起こり得る全てを盤上の遊戯として楽しむ余裕がある。人として心を磨くのが久弥との恋だとすれば、いかに美しく紛い物の人形足り得るかを教えてくれる相手が彼だった。

『どうだね、佳雨？　おまえさえ良ければ、すぐにでも先方へ通えるよう楼主へ話をつけてやろう。なに、踊りや三線の稽古と同じと思えばいい。廓の客には異国人も来るだろうし、英語が話せるとなれば決して損にはならないよ』

『それは、願ってもないお話ですが……本当によろしいんですか』

『おや、変人と聞いて怖気《おじけ》づいたのかな？』

揶揄するように微笑まれ、たちまち佳雨の負けん気に火がついた。

『とんでもありません。こっちは五歳の頃から廓育ち、裏とはいえお職を張らせていただいています。面倒な客のあしらいを思えば、何と言うことはありませんよ』

『ほう、余裕だね』

『鍋島様、良いお話をありがとうございます。これで、俺も先に希望が持てました。今までも座敷のお客様から戯れに教わったりはしていましたが、その程度の語学力では生業《なりわい》にしていけませんからね。ご紹介いただいた以上は、せっせと精進いたします』

きりりと言い返して頭を下げる佳雨に、義重は目を細めて愉快な笑い声をたてる。

『おまえは、必ずそう言うと思っていたよ』

『え……?』

『難しい人物だと前振りをした方が、遠慮せずに乗ってくるとね。どうだ、私の見立て通りの展開になっただろう。真《ま》っ直《す》ぐな気性も考えものだな』

『鍋島様……』

呆気《あっけ》に取られ、やられたと心の中で呟いた。こうまで熟知されていては、諸手《もろて》を上げて降参するしかない。機嫌の良い笑みを見つめ返し、佳雨はぐうの音も出ずじまいだった。

（そうして通い始めて、そろそろ二週間になるけれど……）

すっかり勝手を飲み込んだ台所で、佳雨はお湯で温めた紅茶用のカップを見つめている。

デスモンドが金沢の窯元まで出向いて手に入れたという、九谷焼《くたにやき》の薄い器だ。細い取っ手に金箔が張られており、本体と受け皿には桜の図柄が愛らしく描かれている。元は海外の輸出用に製作したものらしいが、デスモンドは特別に桜で発注したらしい。

(何だか、話に聞いていたのとは少し違っていたな)

本人に会うまでは、金持ちのボンクラ息子だと思っていた。実際、ろくに働きもせずに色街に家を建てて住み着くなんて、まともな思考の持ち主とは言い難い。

けれど、初対面でその思い込みは見事に打ち砕かれた。

「ユキ、家政婦のハナさんがフルーツのパウンドケーキを焼いてくれたんだよ。お茶が入ったら、一緒に食べよう。アフタヌーンティーをしながら、今日のレッスンのお浚《さら》いだ」

「はい、ちょうどお湯が沸いたところです。待っていてください」

「ダメダメ。ユキは英語で返事しなさい」

軽口を叩いて首を振る様子は、まるで少年のような茶目っ気に溢れている。それでなくてもデスモンドは冗談が好きで、よくしゃべるしよく笑った。生来の学問好きらしく、日本語もほとんど完璧《かんぺき》にこなす。もう少し佳雨の耳が慣れたら、会話は完全に英語だけにするからね、と言われて今から戦々恐々だ。

「早くおいで」

楽しみで仕方がない、と言った声に、佳雨もつられて微笑んだ。

長身で細身の体軀に柔らかな栗色《くりいろ》の髪。真っ青な瞳は神秘的で、端整且《か》つ柔和な顔立ちは以前に本の挿絵で見た天使によく似ている。品の良い立ち居振る舞い、穏やかな声音、どこから見ても完璧な英国紳士に見えるデスモンドだが、三十四歳という実年齢を考えると内面的には非常に幼い面が多かった。

(子どもっぽいと言うのとも少し違う……そう、まるで俗世に馴染んでいないような)

満更、挿絵の天使に似ているのは顔だけではないのかもしれない。彼と同じ空間で過ごす時間は、ずいぶんと居心地が好《よ》かった。愛欲と業にまみれた世界に生きる佳雨にとって、デスモンドのような人間は異質な存在なのだ。

「さあ、テーブルを片付けた。ユキ、今日は天気が良いからテラスに席を移したよ」

覚えの早い器用な佳雨は、もうデスモンド好みの味に紅茶を淹れることができる。銀製の盆にカップを並べ、お茶の用意一式を整えると、早速嬉しそうな笑顔で歓待された。

デスモンドの洋館は、彼が一人で暮らすには十二分すぎる広さがある。一階に居間と書斎と台所、二階に寝室と客間が一つずつ、庭は狭いがよく手入れがされていて、午後のお茶はデスモンドが「テラス」と呼ぶ張り出したガラス張りの場所で飲むことが多かった。

「こちらへ伺うようになってから、初めて知るものばかりで驚きます」

「それは私にも言えることだよ、ユキ。特に君の恰好《かっこう》には、本当に驚かされた」

向かい合って椅子《いす》に座ると、彼がいつものように佳雨の着物姿をしみじみと見つめる。もちろん着ているのは女物で、客を取る時のような着飾り方こそしていないが、それでも慣れない者には奇矯な出で立《た》ちに見えるだろう。藍色のぼかし染めに黒の棒縞が入った生地はかなり地味に抑えた柄だったが、合わせた帯には可憐な小花が刺繍《ししゅう》され、帯留めは真紅の小鳥細工だ。どんなにたおやかに振る舞っても、二十歳の青年が身に付けるものではない。

「ああ、違うよ。そうじゃないんだ。私が言いたいのは、とても綺麗だということで」

すみません、と恐縮する佳雨へ、慌ててデスモンドは身を乗り出してきた。

「男花魁という名前だけは知っていたが、実物を見る機会はなかったからね。私の国にも女装する男性はいるが、君はそういうのともまったく違う。顔かたちが美しいだけでは、やはり無理の出る装いなはずなのに……まったく不思議な気持ちになるよ」

「デスモンド様……」

「恐らく、君の佇まいが美女なんだろうね」

「…………」

どう答えればいいものやら、と仕方なく佳雨は微笑する。これまで容姿に関する美辞麗句は飽きるほど浴びてきたが、デスモンドの口調には懐かしい響きを感じるのだ。かつて、彼が誰かに感じた印象をそのまま蘇《よみがえ》らせてなぞっているような、そんな気分にさせられる。

彼がいつどこで、どんな相手を「美女」と呼んだのか。

自分なんぞが身代わりで申し訳ないと思いながら、佳雨は決して不快ではなかった。

「時にデスモンド様、お薬はお飲みになりましたか」

「いけない、すっかり忘れていたよ。今日は体調も良いし、身体も軽いから」

「いけませんね。ハナさんがいらしたら、怒られますよ。お水を持ってまいりましょう」

あらかじめ「丈夫ではない」と義重に聞いてはいたが、どうもデスモンドには持病があるようだ。日常生活に問題はないよ、と朗らかに言っているが、毎日錠剤を服用するのが決まりらしい。佳雨が来るようになってから会話に夢中になってたびたび忘れることがあり、それを通いの家政婦が苦々しく思っているのは知っていた。

（まぁ、無理もない。いくら場所が色街とはいえ、俺のような人間が出入りしていては主人の外聞を気にもするだろう。まして、こんなに立派な方なんだし）

責任を感じるせいか、こちらもつい余計な世話を焼いてしまう。教え子として分《ぶ》を弁《わきま》えたいとは思うものの、何事も杓子定規《しゃくしじょうぎ》のようにはいかないものだ。

「さあ、薬はちゃんと飲んだよ。ユキ、早くケーキを食べてごらん」

佳雨の喜ぶ顔が見たくて、デスモンドは気もそぞろだ。憎めないお方だな、と苦笑し、佳雨は華奢《きゃしゃ》なフォークを手に取った。実際、薄切りの甘橙《オレンジ》が焼き込まれたケーキは見た目にも美しく、香ばしい匂いが嫌でも期待を膨らませる。

「あ、美味しい。こんな美味なお菓子をいただくのは、生まれて初めてです」

「良かった。フルーツケーキが気に入ったようだね。それは、私の母のレシピなんだよ。そうだ、次はプディングを食べさせてあげよう。母の実家がベイクウェルという街で、そこの名物にベイクウェル・プディングという名前の……」

たちまち得意げに菓子の話が始まり、それは帰りの時間までみっしりと続いた。けれど、単なる故郷の思い出話にもその国の風習や文化が窺え、聞いているだけでも興味深い。久弥も興が乗るとロンドン留学中の話をしてくれるが、こうして知識を増やしていけば少しはついていくことができるだろうか。

(ああ、ダメだな。何でもかんでも、すぐにあの人に結び付けて考えちまう)

先だっての紅茶の件を思い出し、決まりの悪さに唇を噛んだ。

うっかり「若旦那に淹れて差し上げたい」と口にしてしまったばかりに、打ち明ける順序が逆になって拗ねられた。久弥は義重に並々ならぬ対抗意識があるから、彼が絡んだ話には慎重になるべきだったのに。

「ユキ、どうかした？　何やら思い詰めた顔になっているよ？」

「え？　ああ、すみません。とても美味しいものがいただけて、感動していました」

「それなら、残りは持って帰るといい。いつも迎えに来る男の子、ええとキ……サトだったかな？　彼にあげたら喜ぶだろう。まだ食べ盛りの少年だ」

「よろしいんですか？　ええ、きっと喜ぶと思います」

思いがけない申し出に、佳雨はたちまち胸を弾ませた。どういうわけか、最近の希里は機嫌が悪くて閉口しているのだ。英語の授業は週に三回、昼見世が始まる前の二時間と決めてあるのだが、デスモンドの家まで迎えに来ても、むすっとして無愛想な挨拶《あいさつ》をするだけだ。最初は異国人が怖いのかと思っていたが、どうもそんな単純な理由ではないらしい。

（でも、こんな夢のような菓子を頬ばれたら、あの子もきっと笑顔になるさ）

そろそろ、希里が来る頃だ。後片付けを済ませた佳雨は、手早く帰り支度を整えた。

「では、今日もありがとうございました」

いつものようにドアのところで振り返り、もう一度軽く頭を下げる。もし希里がいなかったら、デスモンドは『翠雨楼』まで送ると言い出しかねなかった。初日の際、外出嫌いではなかったのかと意外に思い、見送りはけっこうですと断ったら叱られた犬のようにしょげてしまったほどだ。仕方がないので、以降は希里を口実にさせてもらっている。

「――佳雨、終わったのか」

「ああ、待たせちまったね。いつ来たんだい？」

「十分程前。でも、別に退屈しなかったよ。さっきまで銀花《ぎんか》がいたんだ」

「へぇ。あの男、相変わらずふらふらしているようだね」

館を出るなり、路地から希里が飛び出してきた。自身も踊りの稽古の帰りなので、菜の花をあしらった可愛らしい着物に身を包んでいる。筋は悪くないがやる気がない、と通い始めの頃は稽古先の師匠にもさんざんだったが、そういえばいつからか不評は絶えていた。

『俺は俺だ。佳雨や梓と同じ、男花魁になるよ』

真摯《しんし》な覚悟を聞いたのは、十日も前のことだ。

そのずっと以前から、希里の中ではゆっくり覚悟を固めていたのだろう。

「じゃあ、帰ろうか。昼見世の支度に入らないとね」

そう言って歩き出した直後、誰かから呼び止められる。反応は希里の方が早く、後ろを見た彼がハッと息を呑《の》んで後ずさった。何事だろう、と視線を追うと、その先にデスモンドがいる。上着も羽織らずに息せき切って、彼は驚く佳雨たちへ走り寄ってきた。

「デスモンド様……」

「ユキ、肝心なものを忘れたよ」

笑顔で差し出されたのは、油紙に包まれた先ほどのケーキだ。うっかりしていた、と狼狽する佳雨に、デスモンドは明るく首を振って言った。

「気にしなくていい。それより久しぶりだね、キサト。毎回、騎士《ナイト》のようにお迎えかい。その割には、何とも愛らしい姿だね。いずれ、君もユキのように美しい花になるんだろう」

「ナイト？　佳雨、こいつ何を言ってんだ？」

「こら、いいから挨拶だよ。申し訳ありません、デスモンド様。有難く頂戴《ちょうだい》します」

「じゃあ、また明後日に。次は、別のケーキをハナさんに焼いてもらうから」

表情は明るいが、心なしか顔色は青ざめて見える。急に走ったりするから身体に障ったのかもしれないと、佳雨はますます心苦しくなった。隣では、希里が仏頂面をしているので尚《なお》更《さら》だ。しかし、デスモンドは気にした風もなく包みを手渡すと、念を押すように「では、また明後日」とくり返す。そのまま踵を返した彼が館へ入っていくのを見届けてから、ようやく深々と息をついた。

「……失礼なことをしちまった。せっかく気遣ってくださったのに」

「…………」

「ほら、いい匂いだろう？　デスモンド様に、お土産をいただいたよ。甘橙の入った柔らかい焼き菓子で、彼のお母様が得意だったそうだ。帰ったら食べるといい」

どんなに機嫌が悪くても、子どもなら食べ物の誘惑には敵《かな》わない。そう思ってにこやかに話を振ってみたが、やはり希里は浮かない顔のままだ。むしろ、むっつり黙り込んだ様子は何かに怒ってでもいるようだった。

「何だい？　何か、気に入らないことでもあるなら言ってごらん」

「…………」

「おまえ、どこか具合が悪いんじゃないだろうね？」

「そんなんじゃねぇよ」

ふと心配になって顔を覗《のぞ》き込もうとしたら、フイと横を向かれてしまう。一体何がそんなに気に入らないのかと、思わず溜め息をついた時だった。

「あのさ、前から訊きたかったことがあるんだけど」

「え？」

「あの外人は、何で佳雨のこと〝ユキ〟って呼ぶんだよ。そんな呼び方、若旦那だってしないだろ。どんだけ偉い人か知らねぇけど、俺、何か嫌だ」

「希里……」

「おまけに、見世の客でもないのに佳雨のことチヤホヤしやがって。芝居みたいに歯の浮くことばっかりで、聞いていて痒《かゆ》くなってくる。なぁ、どうしてもあいつに教わらなきゃダメなのか？　英語って、そんなに大事な勉強なのか？」

これまで堪えていたのか、一度口にした途端、堰《せき》を切ったように文句を畳《たた》み掛けられる。戸惑う佳雨の袂をきゅっと摑むと、希里は往来の人目も構わず詰め寄ってきた。

「俺、廓以外の場所で佳雨が特別にされるの、あんまり見たくない」

黒飴《くろあめ》を思わせる大きな瞳が、濁りもなく真っ直ぐ向けられる。

「もし俺が若旦那だったら、絶対嫌な気分になるよ。客でもないし友達でもない、そんな相手とずっと二人きりでいてさ。それに、あいつは佳雨を見ていつも何か言いたそうにする。そういうの、佳雨は困らないのかよ？」

「………」

「わかってないはず、ないだろう？」

困った——心の中で、そう呟いた。

希里の言葉は、物の本質を突いている。確かに、初対面の時からデスモンドの眼差しには佳雨も無視できないものを感じていた。けれど、それは名前を付けるにはあまりに曖昧で、シャボン玉のようにいつ弾《はじ》けて消えるとも知れない頼りない感情だ。だから、わざわざ寝た子を起こして荒立てなくても、と考えていた。

（まったく……この子ときたら……）

末恐ろしい子だよ、と驚きと感嘆を込めて、希里を見つめ返す。

まだ色も恋もわからない内から、彼には全部が見通せているのだ。大人の狡《ずる》さ、駆け引きの快感、そういう卑怯《ひきょう》な遊びには決して馴染まない、潔癖な魂を抱いている。

「別に、火遊びをしようなんて思っちゃいないよ」

毛頭そんなつもりはないが、希里の疑いを晴らすためにわざと無粋な言葉を選ぶ。

「もしも、おまえがそういう目で俺を見るなら、今すぐ顔を洗っておいでと言うね」

「佳雨……でも……」

「俺の〝真〟はどなたのものなのか、一番近くで知っているのはおまえだろうに。それに、デスモンド様は男花魁として俺を見ているわけではないからね。本名は何かと問われて答えたら、それを略して呼ばれているだけで深い意味などないんだよ」

「……本名って……」

ぱちくりと、希里が瞬きをした。廓内では楼主から名前を付けられるので、互いに真名を知らないことも多い。特別隠し立てしているわけではないが、どのみち本名で呼び合う機会などないので知ったところで意味がないのだ。

佳雨は屈んで希里へ顔を近づけると、小さく声を落として名乗った。

「——雪哉《ゆきや》だよ。昔の俺の名前は、日高《ひだか》雪哉と言うんだ。ちなみに、かつて雪紅と呼ばれていた姉さんは落籍されて登志子に戻ったらしいね」

「雪哉……」

「そうさ。お職を張った姉が『翠雨楼』のしきたりに逆らって雨の一文字をつけなかったのは、俺の字を使ってくれていたからなんだ。もっとも、不肖の弟が自分と同じ商売になるとは夢にも思わなかったからだろうけど」

「佳雨、姉さんに会いたいのか？」

すかさず問い返され、何を言い出すんだと笑みが強張《こわば》る。彼女にはすっかり嫌われて、姉弟の縁も切られたと話してあるのだ。

「ふぅん……だから〝ユキ〟なのか……」

返事は求めていなかったのか、すぐに希里は話を変えた。お蔭で否定する機を逃した佳雨は、逆にもやもやとわだかまりが残る。姉に会いたいか、という問いは、彼女が嫁いで以来胸の中で封印しているものだった。

「でも、やっぱり何か嫌だ」

「希里……」

芯から納得はいかないらしく、希里はすぐさま膨れ面で呟いた。

こうなると、もう匙《さじ》を投げるしかない。上得意である義重の紹介である以上、理由もなく断ったりはできないし、何より語学の勉強自体は続けたいのだ。デスモンドが手を出してくるようなことでもあれば別だが、さすがに態度は紳士的で下心を感じさせるような真似は決してしなかった。

それに、と言葉にすると怒られそうなので、ひっそりと胸で続ける。

(俺は、デスモンド様が嫌いじゃない。あの方と過ごす時間は、どこか浮世離れをしていて夢のような気がする。多分、それは……彼が現実を生きていないせいだろうけれど)

義重から聞いていたのは、あくまでデスモンドの背景に過ぎなかった。その魂の在《あ》り処《か》や見つめる先の光景に、佳雨は最初から共鳴を感じている。希里は本能的にそれに気づいており、だからこそ危惧《きぐ》を抱いたのだろう。

(聡《さと》い子だから、余計な心配もするんだろうが……)

それだけ、佳雨に身内に近い感覚を持っているのだ。一年前、陰間《かげま》呼ばわりをして嚙みついてきた頃には想像もできなかった変化だった。その事実はこそばゆくもあり、また彼の不安はとんでもなく的外れというわけでもない。佳雨にも、その程度の自覚はある。

（しょうがない。有難く肝に銘じておくとしようか）

最後は苦笑いで締め、帰ろうかと希里へ手を伸ばした。


佳雨の姉、雪紅が落籍されて嫁いだ『つばき』は、京橋に店と住居を構える大店の呉服問屋だ。現当主の清太郎は三代目、病死した先妻との間に子どもはなく、二年に及ぶやもめ暮らしを見かねた友人に連れられて、初めて出向いた遊郭で雪紅に一目惚れをした。

それ以来、熱心に通い詰めた甲斐があり、数多の競争相手から見事に彼女を射止めたのが四年ほど前のことだ。雪紅は名を本名の登志子と改め、周囲も羨《うらや》む仲睦《なかむつ》まじさで夫の商売を助けているという。その評判は、当時の久弥も何度か耳にしていた。

「ごめんください。百目鬼久弥と申しますが……」

色とりどりの反物を広げ、店の座敷では使用人があちらこちらで接客の真っ最中だ。四月も半ばを過ぎ、夏の着物を仕立てる時期とあって新作がずらりと並んでいる。流水、朝顔、千鳥に花火……と、その眺めはなかなか壮観なものがあったが、活気に満ちた店内に久弥は微かな違和感を覚えた。

それは……――。

「ようこそ、おいでくださいました。百目鬼様、ささ、どうぞ奥へ」

物思いは、出迎えに現れた清太郎の声に破られた。市松地紋のお召しに灰鼠《はいねずみ》の羽織りを重ね、すっきりと垢抜けた着こなしはさすがの貫禄だ。彼が実年齢の四十八よりも若く見えるのは、その洗練された感覚に由《よ》るところが大きいなと思った。

「お忙しいところ、無理を言って申し訳ありません。どうにも、急を要することでしたので勝手を通させていただきました。改めて、お詫《わ》びいたします」

「いえ、こちらこそご丁寧なご挨拶をいただきまして」

「それで、早速なんですが……」

人払いをした最奥の部屋は、陽当たりも悪く、コソとも物音が響いてこない。成程、内緒話にはうってつけだと、久弥は感心してしまった。

先日の邂逅《かいこう》から十日が過ぎた頃、久弥は『つばき』からの案内を受け取った。互いの大事な相手が姉弟であるという、奇妙な縁の清太郎がわざわざ丁稚《でっち》の小僧を使いに寄越してきたのだ。内容はある骨董の鑑定で、できれば内密にお願いしたいと結んであったが、品物についての詳細には触れられていなかった。

どうしたものか、と初めは戸惑った。

依頼を受けて『つばき』へ行けば、登志子と顔を合わせることになる。正直、佳雨を抜きにして彼女に会うのは気が引けた。絶縁したとはいえ、育ての親にも等しい姉なのだ。一切関わりを持たないと決めているのか、今どうしているのかと口にすることさえしないが、それが単なる強がりなのはわかっていた。

だが、彼女が息災でいると知れば安堵《あんど》させてやれるかもしれない。佳雨が必死に取り繕おうとしているものを、第三者の感傷で立ち入ってはいけないと思ってきたが、今回のことは久弥が自ら招いた流れではなかった。それなら、多少は良心の呵責《かしゃく》を覚えずにいられるというものだ。そんな己に都合の良い理屈をこね、『つばき』へやって来たのだった。

「あの、失礼ですが奥様は……」

使用人が運んできたお茶を一口啜《すす》り、単刀直入に切り出してみる。そう、先ほどの違和感は登志子が接客に出ていないことだった。

清太郎に嫁いだ後、色街で伝説と呼ばれた美貌を一目拝もうと野次馬が押し寄せたという、嘘か真《まこと》かわからない噂が流れたほどだ。客寄せには十二分な女を店頭に出さないなんて、何となく合点がいかない気がする。遊女上がりと色眼鏡《めがね》で見ていた連中も、四年もたてばおとなしくしているだろう。何より、登志子の存外な働きぶりは一時期評判になっていたのだ。

「登志子は、病に伏せっております」

「え？」

一瞬、久弥は耳を疑った。そんな話は、どこからも聞いていない。

「表向きは旅行ということにしておりますし、使用人も限られた一部の者しか知りません。

ですが、本当は登志子は病気なのです。箱根の別邸にて静養させております」

「それは……知らないとはいえ、大変失礼いたしました。あの、お加減は……」

「医者には診《み》せておりますが、良いとも悪いとも……。日によって容態が違いますので、寝たり起きたりといったところです。もう、三ヶ月になります」

「…………」

清太郎の口調は淡々としており、薄暗がりで見る表情からは何も読み取れなかった。しかし、却ってそれが内面の不安を表しているようで久弥は二の句が継げなくなる。

彼にとって登志子は恋女房であり、弟の佳雨までまとめて引き取ろうとしたほど惚れ込んだ女だ。はっきりしない病状は歯がゆくあるだろうし、その気持ちは察して余りあった。

「先日の扇も、見舞いにと思いましてね。華やかな物を見れば、多少は心が浮き立ってくれるのではないかと。あれは、本当に舞が上手くてねぇ。天女様かと見紛うほどで……」

「──椿様」

「ああ、これは失礼いたしました。いえ、本日お越しいただいたのは妻の病気と無関係ではないのですよ。私も藁《わら》にも縋る思いで日々を過ごしておりまして、ようやく手に入れた品がございましてね。ただ、悲しいかな、器にかけては素人《しろうと》だ。百目鬼様とお知り合いになったのも何かの縁と、使いを出した次第でございます」

「骨董と……奥方の病気ですか……？」

「左様でございます」

何とも怪しい話に、久弥は眉《まゆ》を顰《ひそ》めて黙り込む。もしや、清太郎は妻の病気平癒につけ込まれて、詐欺まがいの壺《つぼ》でも売りつけられたのではないだろうか。

「百目鬼様に見ていただきたいのは、こちらの品なのです」

いつの間に用意していたのか、部屋の隅まで歩いて行った清太郎が小さな桐箱を手に戻ってきた。何の変哲もない箱だったが、真新しいところを見ると間に合わせで誂《あつら》えた安物のようだ。ますます胡散臭《うさんくさ》いぞ、と気を引き締めると、久弥は神妙にそれを受け取った。

「では、拝見させていただきます」

持参した手袋を嵌《は》め、恭《うやうや》しく蓋《ふた》を開ける。鑑定には暗すぎるので燭台《しょくだい》の蠟燭《ろうそく》を引き寄せたが、中身を確かめるなり「あっ」と驚きの声が漏れた。

久弥が再び登楼してきたのは、満開の時期をとうに過ぎて葉桜になった頃だった。

そろそろ、という期待はしていたものの、いざ知らせがくると胸が騒ぐ。これればかりは慣れないな、と自分を持て余す姿に、希里が冷やかすような口を利いた。

「やっと本命の登場か。今夜は喧嘩すんなよ、佳雨」

「ふん、おまえはわかってないね。拗ねた若旦那は、殊の外いい男なのさ」

「へ？」

「普段が穏やかで飄々としていらっしゃる分、仏頂面をされると少年のようでそれは可愛いんだ。あんな顔、他の妓には絶対見せられない。俺だけの特権なんだよ」

自慢げに言い返すと、鼻白んだ顔で「ふぅん」と黙る。恋を知らない彼には、ささやかな行き違いは想いの深さ故、なんて理屈はまだピンとこないのだろう。

「じゃ、喜助《きすけ》に部屋まで案内させていいんだな？　俺、ちょっと行ってくる」

「あ、待っておくれ。そうだな、二十分ほど待っていただこうか」

「え……いいけど……」

本当なら一分一秒も惜しいんじゃないかと、希里は少々面食らったようだ。けれど、久弥の前では寸分も乱れた姿を見せたくなかったので、佳雨は時間を取ることにした。

仲直りをして別れたとは言うものの、気まずく過ごした次の回は相手を見る目が洗われている。ならば良い印象は常より鮮やかに、久弥の心に残るはずだ。

（落ち着いて、落ち着いて。引け目や遠慮は、絶対に見せちゃいけない）

一人になってから鏡台の布を捲《めく》り、鏡を覗き込んで自身に言い聞かせる。

久弥が拗ねた原因——英語の勉強は今も続けているため、もしその話題が出たら毅然《きぜん》と答えなくてはいけなかった。何ら後ろめたいことはなく、隠し事の一つだってない。それを久弥に信じてもらうには、言葉ではなく心を映した表情の方が説得力がある。

どこかで、酔客と遊女の笑い声がした。

夜見世が始まって、廓内の活気もどんどん盛り上がる時間だ。遠く近く響くのは聞き慣れた嬌声《きょうせい》、つまびかれる三味《しゃみ》の音。その喧騒《けんそう》を縫って、恋しい男の足音がする。階段を上がって廊下を渡り、摺《す》り足の喜助の後に続いて久弥が少しずつ近づいてくる。

（若旦那……）

久弥の面影が瞼に浮かび、心臓が甘く締め付けられた。

逢瀬《おうせ》は楽しいばかりではなく、常に不安ともどかしさを佳雨に味わわせる。けれど、どうしても会わずにはいられなかった。瞳に焼き付け、鼓膜に滲み込ませ、その温《ぬく》もりを確かめたくて肌が疼《うず》く。まるで半身を捥《も》ぎ取られたように、一人でいる時間は心許《こころもと》ない。

情けないったらないな——いつも、そんな自嘲が胸に浮かぶ。

男の身体でありながら、持ち前の美貌と手練手管で上等な客を虜《とりこ》にし続けた。確かにそれも偽りのない姿なのに、久弥の前では薄皮を一枚脱ぐように別の顔が現れる。

すぅ、と深く息を吸って目を閉じた。

静かに吐き出しながら、声のかかるのを待つ。

人生が終わる時まで、同じ瞬間を幾度も思い出すだろうと考えながら。

赤い提灯《ちょうちん》が鈴なりに灯《とも》る道を、希里は懸命に走っていた。とはいえ、下働きで木綿《もめん》の着物を着ていた頃とは違って、裾裁《すそさば》きが面倒な小紋は思うようには急げない。

「ああもう、だから嫌なんだよ、女物はっ」

口の中で毒づき、ともすれば足を取られそうになるのを何とか堪えた。盛りを過ぎた桜は全て撤去され、色街の宵は普段通りの雑多な賑わいを見せていたが、一番外れにある稲荷《いなり》神社だけは遅咲きの一本があると言う。その花びらを浮かべて酒が飲みたいと、酔狂な客が我儘を言い出したのだ。

「しょうがねぇよな。ちっとは時間を稼いでやらないと」

つい先ほど、佳雨の待ち人が登楼した。二十日程日が空いたので、澄まし顔の下でどれだけ心躍らせているか子どもの自分にも筒抜けだ。見栄を張って「二十分待ってもらおう」なんて言っているあたりが、心待ちにしていた何よりの証拠だろう。

けれど、生憎《あいにく》とすぐに馴染み客がかち合ってしまった。こちらは久しぶりにやってきた若い戯曲家で、創作に行き詰まったとかですぐに佳雨を呼べと言っている。名代にと別の妓に酒の相手をさせてはいるが、お目当てを先客に取られたとあってずいぶんとご立腹だ。

人気の花魁を独り占めしようなんて野暮の骨頂で、待たされる時間にこそ器が測れるものだ。人によっては一晩待ちぼうけも珍しくないし、たかだか数十分で仏頂面をするなんてあまり上等な客とは言えなかった。けれど、佳雨が悪し様に言われるのは我慢ならない。その口を酒で塞げるのなら、と希里は廓を飛び出したのだった。

「うわっ」

焦る余り小石に気づかず、思い切り躓《つまず》いた。勢いで前につんのめり、あわや地面に激突かと観念する。咄嗟《とっさ》に浮かんだのは、佳雨のお下がりを汚してしまう、ということだった。薄桃色に紫でぼかしを入れ、くちなしをあしらった綺麗な図案が台無しになる。

「おっと」

転ぶ寸前、背後から腕一本で抱き止められた。遅れてさらりと長い髪が降りかかり、甘やかな良い香りが鼻孔をくすぐる。ギクリとして肩越しに振り返ると、『翠雨楼』と並んで格のある遊郭『瑞風館《みずかぜかん》』の男花魁、銀花と目が合った。しかも、とっくに陽が落ちているにも拘《かかわ》らずまだ着飾らずに男の恰好のままだ。

「おい、どうしたよ、佳雨の犬コロ。足抜けするにしたって逆方向だぞ？」

「ち、ちがわいっ。おまえこそ、こんな時間に何やってんだ。見世はいいのかよ」

「湯屋に行って、今から戻るところなんだよ。今夜の馴染みは、朝まで俺を独占したいらしくてね。そりゃもう、隅々まで念入りに洗わないとな？」

意味深ににんまり笑われて、かあっと希里の頰が熱くなった。佳雨の下で一年も働いていれば、男同士の営みについてもそれなりの知識ができている。たとえ仔犬のように抱えられてジタバタもがいていても、頭の中身は立派に育っているのだ。

「ま、とりあえず礼を言ってもらおうか。顔に擦り傷でも作った日には、そっちの楼主に怒鳴りつけられるぞ？　忘れんな、てめぇの身体は商品なんだからな」

「……ありがと」

「素直でよろしい」

渋々礼を言う希里から、銀花は即座に手を離した。湯上がりの着流し姿は色っぽく、洗い髪の湿り具合が艶《なま》めかしくて目を奪われる。通りすがる男も女も、必ず彼に目を留めた。

「ふふん、まぁ悪かねぇな」

賞賛の眼差しは、銀花にとって栄養だ。同じ男花魁でも佳雨とは違い、彼の喜怒哀楽は実にわかりやすかった。はっきりした性格は好き嫌いが分かれるが、彼の馴染み客は揃ってその激しさを気に入っている。色街で佳雨と人気を二分するのも、美貌のみならず情熱的な性分が大きな魅力になっているのは間違いなかった。

「で、どこへ向かって突っ走ってたんだ？」

「そうだ、俺、急がなきゃ。稲荷神社の桜まで、ひとっ走りお使いがあるんだ」

「お使い？　遅咲きのひと枝でも折ってこいってか？」

案外迷信深いのか、銀花が眉間に皺を寄せる。まさか、と希里は慌てて事情を説明し、少しでも佳雨と久弥が一緒に過ごせる時間を作りたいんだ、と言った。

「は？　それ、佳雨が頼んできたのか？　間夫としっぽりしけ込みたいから、贔屓が来てもごまかしておけって？」

「そんなこと、佳雨が言うわけないだろ。俺が勝手に……」

「へぇ」

明らかに小バカにした調子に、勝ち気な希里はムッとする。だが、今はくだらない言い合いをしている場合ではなかった。ただでさえ客は不機嫌なのに、上手《うま》く機嫌を取れなかったらとばっちりは全て佳雨に向かう。

「まぁまぁ、そう焦るなって。花魁が馴染みを何人も同時に回すのは、おまえだってよくわかっているだろうが。何で今夜に限って、そんなにキリキリしているんだか」

「それは……」

痛いところを突かれて、希里は思わず口ごもった。

今夜は自分が勝手に気を揉んでいるだけで、もちろん佳雨は与り知らぬことだ。彼は普段通りにまずは名代を送ったし、頃合いを見て久弥の元を離れるだろう。戯曲家が床まで漕ぎ着けられるかどうかは、その場の空気と駆け引き次第だ。

おまけに、久弥はつい先だって佳雨を貸し切ったばかりだった。いくら大枚を払っているからと言って、派手な振る舞いが目立てば楼主の感情を逆なでする。間夫に入れあげていると悪評が立てば、客離れは必至だからだ。その辺は久弥たちもわかっているので、恐らく今晩は自制すると思う。

「でも、できるだけ一緒にいさせてやりたいんだ」

ぐっと拳《こぶし》を握り締め、縋るように銀花を見た。

「何だか、この先に良くないことが起こりそうで。そうなった時に佳雨が〝大丈夫〟って信じられるものは、若旦那との思い出しかないだろう？」

「おまえ……」

「わかってるよ。ガキが余計な気を回すなって言うんだろ。そりゃ、あの二人はしっかり想い合ってるし、離ればなれになんかならないよ。俺が、一人で考えてるだけなんだ。でも、あんただって前に似たようなことを言ってただろ？」

「…………」

今度は、銀花が言葉に詰まる番だった。彼が自分の発言を悔いているのは、瞳に一瞬だけ浮かんだ苦い色が物語っている。だが、覚えているということは、戯れに口にした思い付きなんかではないという証拠だ。

「佳雨の英語の勉強、俺が外で待っていた時だよ。通りがかったあんたは、俺の話を聞くなり言ったよな。〝それは、ちょいと危ういな〟って」

「……くそ。物覚えのいい犬コロだな」

「忘れようったって無理な話だ。だって、俺だって同じこと思ってたんだ」

「お、おいっ」

言葉にした途端、ぶわっと涙が滲んでくる。零す前に急いで擦《こす》ったが、希里の涙は滅多に動じない銀花をかなり驚かせたらしい。彼はおもむろに手を摑むと、物も言わずに早足で路地を進んでいく。引っ張られながら希里は幾度も涙を拭《ぬぐ》い、「痛いよ」と小さく抗議した。

「文句言うな。桜に用があるんだろう?」

背中で返事する銀花は、どうやら稲荷神社まで付き合ってくれるようだ。しゃっきり背を伸ばした姿勢は凜《りん》とした男前で、彼が男花魁であることを束の間忘れさせた。

「まったく、俺も人が良いよ。こんなガキの相手を、まともにしてやるなんてさ」

「銀花……」

「〝さん〟をつけろよ、犬コロ。てめぇ、佳雨の顔に泥を塗りたいのか」

ぱしっと言い放たれて、ひとまず希里は口を閉じる。顔を合わせればからかったり皮肉や嫌みを言ってきたりするので、正直銀花のことは苦手だった。だが、一方で信用の置ける人間だとも思っている。欲望に忠実で露悪的な男だが、案外面倒見がいい面もあるのだ。

色街の一番外れ、連なる見世の軒も途切れた向こう側に稲荷神社はあった。

本当の名前は紅天神社というのだが、狛犬《こまいぬ》の位置にどう見ても狐《きつね》が居座っているため、誰ともなし稲荷神社と呼ばれるようになっている。神主も祭事以外では常駐していないので、社務所も本殿もうら寂《さび》れた雰囲気ではあるが、水商売というのは何かと縁起を担ぎたがる人間が多いせいか日中は多少の参拝客もあるようだ。

だが、陽が落ちると話は別だった。色街にとって夜は稼ぎ時、神様詣では二の次になる。境内にはろくな街灯もないので、ぽつんと置かれた提灯の灯りだけが頼りだった。

「ほら、遅咲きの一本だ。まだ花が残ってる。好きなだけ持ってきな」

まるで自分の庭ででもあるように、銀花が希里の背中を押し出した。周囲に人影はなく、手水舎の脇《わき》でぼんやりと提灯に照らされる桜は一際妖しく怖《おそ》ろしい。さすがの希里も息を呑み、近づくのをしばしためらった。

「おまえさぁ、もう頑張らない方がいいぜ」

え、と驚いて振り返ると、腕を組んだ銀花の苦い顔つきが目に入る。

「ガキのおまえがどんなに気を揉んだところで、何も変わらないってことだよ。他人のことなんか、どうだっていいじゃねぇか。佳雨も、おまえに何も期待しちゃいねぇよ。いや、おまえに限らずだ。あいつは、人を当てにしないからな」

「…………」

「そいつは、言い換えれば、誰も信用してねぇってことだ。一人で踏ん張って、全部の始末をてめぇだけでつけようとしやがる。それで傷つく人間がいるって、わかんねぇんだよ」

何を言っているのか、よくわからなかった。大体、そんな話を聞いたところで希里の不安はちっとも消えはしない。佳雨に感謝されたくて心配しているわけでも、自分が何とかしてやろうと自惚《うぬぼ》れているわけでもないのだ。

「俺は、ただ……」

その先の言葉を探して、口ごもった。上手く気持ちを表せないのが、悔しいし歯がゆい。読み書きがかろうじて出来る程度の学のない自分が、この時ばかりは恥ずかしかった。

「佳雨が、何だか危なっかしく見えて……」

「はぁん？」

「俺の知ってる佳雨は、しゃっきりしてるんだ。面倒な客にも顔色一つ変えなくてさ、何だかんだ手のひらで転がしちまう。そんな奴が若旦那の前ではしおらしくて、俺、最初はよくわかんなかった。だって、顔が全然違うんだ。どっちが本当の佳雨なのかって思った」

「おいおい……」

何の話だよ、と半ば呆れ顔で溜め息をつかれる。けれど、希里は必死に訴えた。多分、もやもやと正体のない今の気持ちを、銀花以上にわかってくれる人間はいないはずだ。

「佳雨と若旦那は、好き合っている間柄だろ。でも、見世の客は金で買いに来てるだけだ。だから様子が違うんだってことが、最近は俺にもわかるようになった。なのにさ……」

「金が絡まない相手に、佳雨がしおらしい顔してるってことだろ」

ニヤリと、銀花が図星を指してきた。

「そいつを〝危うい〟って言うんだ。どういう風の吹き回しか、佳雨は英国の紳士とやらには百目鬼の旦那といる時みたいな顔を見せてるってわけだ。客相手に芝居してるわけじゃなし、恐らく奴も無自覚なんだろうな」

「そんなのダメだよ！　佳雨は、そんな奴じゃないのに！」

「う〜ん……」

一瞬前までのしたり顔が、希里の一言で苦笑に変わる。希里の子どもらしい真っ直ぐな言葉には、捻《ひね》くれ者の銀花も時にたじたじさせられるようだ。

「またずいぶんと懐いたもんだなぁ、犬コロ」

「俺は犬コロじゃねぇ！」

「ま、廓で禿が姐女郎《あねじょろう》を慕うってのはよくある話だ。何しろ、ここでの生き方を一から十まで教わる相手だからな。俺は余計な借金を背負いたくねぇし禿の面倒なんざごめん被るが、『翠雨楼』のオヤジは男花魁贔屓で佳雨の継手を増やそうって評判だ。新造時代の梓も金魚のフンみてぇに佳雨に付き纏っていたが、おまえもなかなかだよ」

「…………」

素直に認めたくなくて、希里はむうっと黙り込んだ。そもそも、今はそんなことを話したいのではないのだ。久弥といる時の佳雨は特別だ、そう思っているから理解できたのに、恋仲でもない英国人にどうして良い顔を見せるのかがわからない。

「俺に言わせりゃ、そいつは佳雨の脇が甘いのさ」

事も無げに言い切り、再び銀花が偉そうに腕を組んだ。

「別に浮ついてるって意味じゃないが、どっかで通じてんだろ、気持ちみたいなのが」

「だから、俺はそれが嫌だって……」

「しょうがねぇだろ、そんなのは。人の心ってのは、理屈じゃねぇんだよ。決まりもなけりゃ道徳もない。あるのは、〝こうしたい〟って欲望だけだ。他人がどうこうできる領域じゃねぇし、そんな品行方正な花魁なんざ面白みの欠片《かけら》もないね」

「でも……」

「佳雨が、その英国人に惚れてるって言ったのか？　違うだろ？」

「まさか」

希里は、急いで頭を振った。そんなこと、想像するだけで気分が悪くなる。

「だったら、犬コロがヤキモキしたってしょうがねぇよ。おまえは佳雨を大層ご立派な人格者とでも思ってんのかもしれないが、そいつは大きな勘違いだ。そもそも、あいつが何で男花魁なんてイロモノな商売に身を置いてるか知ってんのか？」

「幼馴染みの遊女の……借金を肩代わりしたって……」

「は、そんな嘘くせぇ話、俺は信じないね」

鼻先で一笑に付し、銀花は意味ありげな顔で笑った。

「全部が嘘じゃねぇだろうが、どこの世界にてめぇの一生と引き換えに赤の他人を助ける奴がいるよ？　仮にいたとしても、そいつはとんでもない自己満足だ。佳雨はいけ好かねぇ男だが、そんな偽善的な理由だけで動くとは思えないね。もし本心からそうしたってのなら、後悔にまみれてとっくに落ちぶれてるだろうよ」

「じゃ……じゃあ、何でだよ。だって、佳雨が肩代わりしなかったら、その子は死んでたんだろっ？　病気を隠して客を取り続けて、最後は投げ込み寺で無縁仏になってたって」

「どのみち死んだんだから同じだよ」

「え……」

「俺は、そう聞いてるぜ？　大門を出てすぐまた親から遠い町に売り飛ばされて、結局は死んじまったってな。ま、佳雨のやったことは寿命を数ヶ月延ばしたくらいだ。お粗末な結末だが、廓育ちのあいつがまったく予想できなかったってはずないだろう」

「…………」

それなら、どうして。

喉まで出かかった疑問は、とうとう口に出せなかった。銀花の話が本当なら、自分が見てきた佳雨という人間がまったくわからなくなる。

だが、どれほど沈黙を続けても銀花はそれ以上のことは言わなかった。まるで、この先が知りたいなら佳雨に直接訊け、とでも促しているようだ。

「おっと、まずいな。だいぶ時間が過ぎちまった。犬コロ、俺はもう行くぜ」

「あ……うん」

去り際の言葉でようやく我に返り、希里も慌てて頷いた。急いでいたはずなのに、気づけば『翠雨楼』を出てからずいぶんたっている。もしかしたら、もう佳雨は久弥の元を離れて戯曲家の座敷へ向かってしまったかもしれない。

「俺、何やってんだろ……」

散る桜を拾い集めながら、しゃがみ込んだ姿勢のまま希里は呟いた。

佳雨のために、役に立てることがしたかった。彼が久弥と過ごす時間をよすがにしているなら、できるだけ手伝ってやりたいと思っていた。

けれど——佳雨には、自分の知らない顔がまだあるのだろうか。恋人でも客でもない、昨日今日知り合ったばかりの外国人と、どんな気持ちが通じてると言うのだろう。

両手いっぱいの桜を潰さないように気をつけながら、希里はそっと立ち上がる。

その瞬間、春の夜風が強く吹いて、花びらを根こそぎ攫っていってしまった。


戯曲家の馴染みは、林東秀《はやしとうしゅう》という三十半ばの男だ。

独身だが同性愛者というわけではなく、家には同棲《どうせい》している女の愛人もいる。だから、佳雨の元へ通うのも一風変わった遊びを楽しみたいのと、自分の作品作りに何かしら役立てたいという下心が主だと以前からうそぶいていた。

「——若旦那……」

自室の襖を開けるなり、花が綻ぶように表情が緩む。

「びっくりしました。待っていてくださったんですか」

満足げな東秀を見世の外まで見送り、愛しい男はもう帰ってしまっただろうと沈んだ心で戻った佳雨は、思いもかけない展開に頬をほんのり赤らめた。

「見世の若い衆から〝百目鬼の若旦那が、まだいらっしゃいます〟と耳打ちされた時は、どうしようかと思いました。その、まさか残ってくださっているとは……」

「まぁ、とりあえず座って落ち着くといい。少し飲むかい？」

「……失礼します」

陽気に盃《さかずき》を差し出され、楚々と座敷へ入って襖を閉めた。久弥はもとから賑やかな宴席は苦手なので、芸者や新造も呼ばずに一人で飲むのが常だ。傍らに伏せた本を認めた佳雨は、嬉しさと申し訳なさでどんな顔をすればいいのか困ってしまった。

膳に用意された料理は、ほとんど手つかずで残っている。恋人が他の男の閨にいることを思えば、食欲なんて湧《わ》かなくて当然だろう。そこは互いに触れないようにして、受け取った盃をいっきに呷った。

「おや、いい飲みっぷりじゃないか。少し酒を追加しようか」

「いえ……あの……」

「うん?」

「あんまり……見ないでいただけますか」

ほうと溜め息を吐いて盃を戻し、佳雨はそっと視線を外す。

「その、こんなお願い言えた義理ではないんですが……」

「わかっているよ。悔しいが、俺には鍋島様のような楽しみ方はできないからね。でも、そんなに捨てたものでもない。その証拠に……ほら」

「あっ」

おもむろに手首を掴まれ、グイと力強く抱き寄せられた。肌の火照《ほて》りこそ引いているが、身体はお湯を通した手拭いでさっと綺麗にしただけの状態だ。それを久弥の手で暴かれるのは、何とも言えず気まずくて居たたまれない。

「大丈夫。触れられるのを慄《おのの》くおまえを、可愛いと思える程度の甲斐性は身に付けた」

「……また、そんな意地悪を仰る」

「まぁ、半分は本当だ。それで許してくれ。おまえを可愛いと思う気持ちは、もちろん嘘ではないんだから。大体おまえの間夫と呼ばれて、もう一年が過ぎるんだぞ。もし俺の言葉が信じられないと言うのなら、どうやって証明してみせようか?」

「いいえ、疑ってやしません。あんたが意地悪なのは、とうに承知しています」

上目遣いで軽く睨むと、笑んだ久弥が唇を近づけてきた。柔らかく微熱を重ね合い、互いの吐息で意地を蕩かしていく。たった一度の接吻に勝る真実はなく、己を恥じる佳雨の遠慮も、嫉妬を戯言に化かす久弥の方便も、全てが押し流されていった。

「う……ん……」

喉を鳴らして息を詰め、ただ夢中で愛撫《あいぶ》に応《こた》える。久弥の舌が淫《みだ》らに蠢き、佳雨の芯が浅ましい熱を孕《はら》み始めた。幾度肌を交えようと、初めてのように敏感に反応してしまう。そんな初心な身体に、久弥が作り変えてしまった。

「あ……」

襟元を割って右手が差し込まれ、大胆に奥までまさぐってくる。ツンと浮いた乳首を指先で摘まれると、全身をびくびくと痺れが走った。

「あ……あ……」

堪《こら》えようと思っても、溢れる声を抑えきれない。相手より先に自分が熱くなるなんて、おまえはどこの素人《しろうと》だと自嘲の思いが胸を過《よぎ》った。廓で抱かれる以上、頭のどこかは冷ましておかなくてはならないのに、久弥に触れられているだけで理性が形を無くしていく。

しどけない佳雨の反応に、久弥がたまらず溜め息を漏らした。

「ああ、ダメだな。いろいろ話があったのに、まずはおまえを俺の熱で塗り替えてしまわないと気が済まないよ。佳雨、このまま俺の上に……」

「いけま……せん……若旦那のお召し物が……お召し物が、汚れてしまいます……」

「構うものか。着替えの一揃いは、預けてあるだろう？」

「そ……れは……あぁ……っ」

首筋を甘く嚙まれ、指の腹で乳首を捏ねられる。じんわり潤んだ身体は、すでに誘惑の芳香に覆《おお》われていた。酩酊《めいてい》を煽《あお》る淫靡《いんび》な香りは、二人の汗と微熱の混じった愛欲の証だ。佳雨はたまらず久弥の下半身へ手を伸ばすと、閉じ込められていた逞《たくま》しい雄を解放した。

「久弥さま……の……」

「欲しくはないかい？」

「は……い」

猛烈な羞恥を堪え、小刻みに震えながらこくりと頷く。

「はい……ください……全部、俺の中に……」

「――おいで」

「ん……ぅ……」

漏れる声音を口づけで塞ぎ、久弥がゆっくりと導いてくる。はだけた裾《すそ》から現れる太腿《ふともも》が、ほの暗い照明の下で妖しく蠢いた。腰をしっかりと支えられ

た佳雨は、はしたなく恋人に跨《また》ると受け入れやすいように背中をしならせる。

「佳雨……」

「あぁ……っ」

猛々《たけだけ》しい熱に貫かれ、爪先《つまさき》まで衝撃が駆け抜けた。愛しい楔《くさび》を奥まで呑み込み、その脈を全身で感じ取る。久弥の情熱に心ごと犯され、巧みに突かれるたびに佳雨は乱れた。

「あぁ……い……い……ひさや……さ……ぁあ……」

自身の重みが快感を深め、最奥で掻《か》き回されて意識が霞《かす》む。愛する男をかき抱き、押し寄せる甘美な目眩《めまい》に佳雨は必死で耐え続けた。

下半身がジンジンと熱く、燃えるような快楽に溺《おぼ》れていく。

久弥の微かな呻き声が、微熱に濡れていて胸を焦がす。

「久弥……さま……」

好きとも、惚れているとも、口にできない。

そんな言葉では、狂おしいこの想いには全然足らない。

今この瞬間溶け合えてしまえたら――果てのない欲望に揺さぶられながら、佳雨は自ら腰を動かして爆発しそうな身体を久弥に預けた。

「あぁ……あ……あ……」

啜《すす》り泣くような声が零れ、喉がひくついて息が苦しい。

潤んだ肌に一筋の汗が滑り落ち、鎖骨に留まったところを久弥が舐めた。

「も……おかしくなる……おかしくな……」

「佳雨……」

「あぁ……ッ」

久弥の動きが一際激しくなり、瞼の奥で光が弾けた。佳雨の雄は触れられる前に達し、溢れる蜜がしとどに花魁衣装を濡らす。直後に久弥が素早く抜き、迸《ほとばし》りがそれに続いた。

「は……ぁ……」

荒く息を吐きながら、湿った身体の熱を持て余す。

ぼうと霞はかかったままで、佳雨はゆらりと崩れるように畳へ伏せた。

「すまない、おまえの衣装が……」

さっと身支度を整えた久弥が、しまったと言うように窺ってくる。けれど、文句も後悔もあろうはずがない。抱いてくれることが、佳雨には至上の喜びなのだ。

顔を上げ、まだ弾む息の下から微笑んでみせた。

トクトクと鼓動は逸り、まだどこにも力が入らない。

「綺麗だな、おまえは」

「え……」

目を合わせた久弥が微笑み返し、そうっと抱き締めてきた。愛している、と耳元で囁き、さらさら流れる佳雨の黒髪を指で梳《す》く。重ねた胸から響く久弥の鼓動は、冷めない自分と同じ速度を刻んでいた。

ああ、と佳雨はひそやかに瞳を閉じる。

売られたわけではない、騙《だま》されたせいでもない。

ここは自分で選んだ世界だから、時間を戻したいとは思わない。久弥への後ろめたさも物のように買われて抱かれるのも、全て己が背負って当然の業だとわきまえている。

だから――この胸の痛みは、甘んじて受け取るべきなのだ。

(それでも……こういう場面じゃ、ちょっとばかり辛《つら》いな……)

自己憐憫《れんびん》に浸るのは、今だけにしよう。そう言い聞かせながら、久弥の背中へ手を回す。

恋を知るまで本気の覚悟を知らなかったなんて、自分を指針に懸命に生き抜こうとしている弟分たちへ申し訳がなさすぎる。

「好きです、久弥様……」

まるで己が罪を告白するように、祈りを込めて佳雨は呟いた。


「何だか、改まって話すのも奇妙な具合なんだが……」

今夜はどうしても帰らなくてはならない、と名残惜しげに久弥は言い、佳雨の用意した背広一式に着替えている。あれほど情熱的に交わった後なので、素に戻るきっかけがなかなか取り戻せないようだ。

「すまないが、帰る前にちょっと話しておきたいことがある」

「ええ、何でしょう」

いかにも切り出し難そうに言われたが、そこは佳雨の方が心得ている。今夜は早仕舞いとばかりに就寝用の浴衣《ゆかた》姿になった後、しゃんと姿勢よく彼の前に膝を揃えた。

「おまえ、見世はいいのか？」

「そろそろ日付も変わる時刻です。夜中にふらりと現れて買えるほど、俺は安くはありませんからね。お馴染みの方々も、大抵はご家庭をお持ちですから」

「そうか……」

普通の遊女より金がかかるだけあって、それなりの地位や稼ぎのある人物が馴染みには名前を連ねている。まして、佳雨は男花魁だ。性的志向うんぬんの前に大概の遊びは経験済みの、趣味人や酔狂な金持ちが多かった。

「わかっていましたよ、若旦那。今夜、あんたが残っていたのは俺を抱くためばかりじゃありませんよね。何かお話があったんでしょう？」

「まいったな、すっかりお見通しか。じゃあ、こちらも本題に入るとしよう」

やれやれと苦笑を零し、久弥は表情を引き締める。

「……時に、一つ尋ねたい」

「何でしょう?」

「実は、先ほど喜助にちらっと聞いたんだ。先ほど帰ったおまえの客なんだが……」

「林様のことでしょうか」

予想外の質問だったので、さすがに少々面食らった。知りあいの義重は別として、久弥が佳雨の馴染み客に興味を示したことはあまりなかったからだ。無駄な嫉妬を生まないためにも、詮索無用が常套《じょうとう》となっていた。

「うん、その林という男、どこぞの戯曲家なんだって?」

「え……ええ、そうですよ。よくご存知ですね。筆名は別におありですが、浅草の小屋で座付の台本をお書きになっているとか。ちょいと風変りなお人ですが、ほら『松葉屋《まつばや》』の夕霧《ゆうぎり》の事件。あれを題材に芝居の筋書きを書いたら、たちまち大評判になり売れっ子の仲間入りをなすったそうです」

「そうか、やっぱり……」

思案顔になった久弥は、しばし何か考え込む。だが、『松葉屋』の事件と言えば何を隠そう佳雨と久弥が揃って巻き込まれた経緯があるので、思いは二重三重に複雑なのだろう。

(思えば、あれがきっかけで俺と若旦那は結ばれたんだものな)

死の淵《ふち》にあってようやく二人は想いを確かめ合い、花魁と客の枠を踏み越える覚悟を固めることができた。そんな背景を持つ一方、遊女が心中に見せかけて殺されるという悲しい真実を持った事件でもあったのだ。

「林様が俺のお馴染みになったのも、元を正せば取材を兼ねて登楼なさったからなんです。けど、こっちは商売ですからね。どこかの道楽者のように床も交わさずにぺらぺらおしゃべりだけするわけにもいきませんし、何度か通ってくださる間に幸いあちらも俺を気に入ってくれたようで……」

「はは、耳が痛いな。しかし、その男も気の毒に。取材費の方が、芝居で儲《もう》かった金より遥《はる》かに上回ったんじゃないか？」

「よしてください、人を金食い虫みたいに」

「『翠雨楼』が誇る裏看板だぞ？　身代傾く覚悟が必要さ」

どこまで本気かわからないが、久弥はうそぶいて微笑んだ。軽い皮肉を言われても、少しも意に介していない様子だ。自身が佳雨の元へ通い出した頃、半年たっても接吻の一つもせずに気を揉ませていたなんて、ちっともわかっていないのだろう。

思い出したら少しばかり頭にきて、佳雨は殊更つんけんと言い放った。

「それで、一体何なんです？　若旦那には申し訳ないんですが、あんまりお客様のことを深く突っ込まれるのはご勘弁願えませんか。俺も、簡単にはお答えできませんよ」

「悪いな、気に障ったかい？」

「目的は何なのかって、お訊きしていいるんです」

思わせぶりな物言いにじれったさが募り、少しきつめに詰め寄ってみる。

「どうやら、妬いているって話じゃなさそうですね。だったら、尚更気になりますよ。あんたは、そもそも他人に興味を抱かないお方だ。夢中になるのは骨董ばかりで、生身の人間相手にはとんと情熱を動かしてはくださらない。それが、どういう風の吹き回しです？」

「心外なことを言うなぁ。だったら、俺がこんなに入れあげている男花魁は生身じゃないとでも言うつもりか？　抱けば肌も熱くなり、艶《なま》めかしく声が溢れるというのに」

「……惚《とぼ》けたって無駄ですよ」

真意を読ませないことにかけて、久弥はなかなか手強《てごわ》かった。佳雨とて廓じゃ丁々発止、客との駆け引きはお手のものだが、惚れた男が相手ではどうにも分が悪い。

「まったく……相変わらず人が悪い」

「まぁ、確かにちょっと焦《じ》らしているね。おまえの拗ねた顔は好物なんだ」

「え……」

恋人の憎らしい台詞《せりふ》に、佳雨はドキリと動揺した。先刻、久弥が登楼した際に希里へまったく同じ軽口を叩いたことを思い出したのだ。決まりの悪い思いで見返すと、久弥は「おいで」と優しく手招いた。

「ま、焦らしもこの辺にしておこう。別に、喧嘩するために待っていたわけじゃないんだ。佳雨、おまえにいろいろ話しておきたいことがある」

「俺に……？　何でしょう」

「『百目鬼堂』の盗まれた骨董のうち、最後の一つが何か覚えているかい？」

「最後の一つ……」

擦り寄る佳雨の手をそっと取り、丁寧に撫でながら彼は問う。

「確か、赤楽の茶碗でしたよね。まさか、行方《ゆくえ》がわかったんですか？」

「おぼろげながらね。だが、これで全てが片付けば俺もやっと憂いから解放される。生憎《あいにく》とまだ手に入れたわけじゃないんだが、林という男が関係している可能性はかなり高いんだ。今夜は偶然ここで鉢合わせとなったので、これも縁かと……」

「そういうことでしたか……」

察してはいたことだが、それでも少しだけ落胆した。気を遣って「偶然」なんて言ってはいるが、そうそう上手い話があるわけがない。どんなツテで知ったのかは謎《なぞ》だが、久弥が今夜登楼したこと自体、目的は東秀にあったのだ。

（その点は、若旦那だって抜け目のないお方だもの）

しかし、赤楽の茶碗が噛んでいるとなればぐずぐずと文句も言いたくなかった。盗まれた骨董の品々がどんなに危険なものか、これまでの事件で佳雨にもよくわかっている。

（百目鬼の家は、かつて祓《はら》い師をやっていた……そう仰っていたっけ）

突拍子もない話を打ち明けられたのは、数ヶ月前――秋が深まり出した頃のことだった。

久弥の家系にはかつて霊感を持つ者が多く出た時代があったそうで、当時は骨董に憑《つ》いた因縁や妄執を祓うのが生業だったらしい。そうして憑き物の落ちた品物を持ち主から安く買い取り、売買を始めたのが骨董商『百目鬼堂』の始まりだった。

『だが、中には祓い切れなかった物もあったようでね。そういう品は蔵に封印して、世に災いをもたらさないようにと代々守ってきたんだ。ところが、先代の父が病で急逝した直後、しまい込んでいた五つの骨董が何者かに盗み出されてしまった』

青白磁の鉢、梅花文の花瓶、漆《うるし》の文箱《ふばこ》、沈金細工の手鏡、赤楽の茶碗。

それらは紆余曲折を経て四つまでは取り戻すことができたのだが、いずれも割れたり燃えたりしてしまって、すでにこの世にはない。災いを背負った骨董には相応しい最期だと久弥は言うが、そうとわかっていて自ら破壊することができなかった『百目鬼堂』の骨董商の血が間違いなく彼の中にも流れていた。だから、可能であるならば赤楽の茶碗は無傷で手に入れたいと願っているのだろう。

「佳雨、先だって坂巻町で起きた三峰《みつみね》家の強盗殺人事件を知っているかい？」

「あ、はい。新聞に大きく出ていましたから。ここと坂巻町はさほど離れていませんし、妓《ぎ》楼《ろう》に警察から〝怪しい人物を見かけたら、すぐ通報するように〟とお達しもきています」

もしや、また怖ろしい犯罪が絡んでいるのだろうか。

不吉な予感に怯《おび》えながら、佳雨は黙って続きを待った。

「知っての通り、あの事件は実に悲惨《ひさん》でね。日曜の午後、家の主人が押し入った何者かに刺し殺され、金目の物と一緒に茶碗が一つ盗まれている。細君とばあやは観劇で留守にしていたが、帰宅した家の中は血の海だったそうだ」

「……まさか、その茶碗が最後の盗品？」

「恐らくはね。事件を担当している九条が、俺にこっそり特徴を教えてくれたんだ。十中八九、盗まれた赤楽の茶碗だよ。今は、盗品流れの線から行方を追っているはずだ」

「何でまた、そんな物騒なことに。犯人は、茶碗目当てで押し込みをしたんですか？」

「いや、その辺りはまだわからないんだ。動機が金目当てか怨恨《えんこん》か……。ただ、茶碗が見つかれば出所から犯人逮捕には大きく前進するだろう。九条も躍起になっているよ」

あの方ならばそうだろうと、真っ直ぐな眼差しを思い出して頷く。育ちの良さが幸いし、柔軟な思考や素直な言動が魅力の若者だ。ソツのない人付き合いをする久弥が、心を許している数少ない友人なだけはある。

「それで、肝心の林様ですが……一体、どんな関係があるんです？」

ある程度、何を聞かされても驚かない下地はできた。

久弥に手を預けたまま、佳雨は心持ち距離を詰める。

「若旦那は、まさか林様が強盗をしたと疑っていらっしゃるのですか」

「まぁ、そう急《せ》かすな。そこまで決めつけてはいないよ。ただ……」

「……はい」

「これは、ある筋から耳に入ってきた話なんだが……坂巻町の事件が起きる前に、これと同じような筋立ての戯曲を京橋の劇場主へ売り込みに来た者がいたんだそうだ。留守番の主人が殺され、金目の物が盗まれる。その中には骨董の茶碗があり……という内容で、一種の謎解きものらしいな」

「もしや、その売り込みに来たというのが……」

良くない予感に、胸がざわついた。顔色を変えた佳雨を見て、久弥も難しい顔になる。

「どうも、そのようだな。おまえがさっき言ったように『松葉屋事件』は世間で評判になったから、戯曲者の名前だけは劇場主も知っていたようだ。だが、そこの劇場は格式を重んじるところで客にも上流階級が多い。古典の悲劇や翻訳ものではなく、俗悪な殺人事件が題材となると上演は難しいとけんもほろろに断ったんだそうだ」

「そうでしたか……」

「浅草の芝居は大入りだったと聞くが、一作当てただけでは世間はすぐに忘れてしまうからね。畳み掛けるように二つ、三つと売れる戯曲を書かなくては、本物の大家にはなれないだろう。人を呼ぶにはできるだけ刺激的で、好奇心を煽るようなものが手っ取り早い」

「…………」

確かに、彼の言う通りだった。東秀が遊女の心中事件で当てた以上、次回作にも似た傾向を大衆は求めるだろう。それもまったくの創作ではなく、『松葉屋事件』のように実際の出来事を下敷きにした実録ものと宣伝すれば人々の興味もいや増していく。

しかし、当然のことながら都合よく事件が起きるわけではない。

「それに、おまえのこともある」

「え？」

俺ですか、と目で問うと、久弥は猫をあやすように人差し指で軽く顎を撫でてきた。

「俺が先ほど口にした言葉は、決して大袈裟《おおげさ》じゃない。普通の遊女ならともかく、花魁相手に釣り合いを取ろうと思ったら金がかかるのは自明の理だ。そうやって色と名誉、どちらも手中に収めるには『松葉屋事件』だけでは足りないんだよ」

「それは……」

「林東秀が易占でもやって、坂巻町の事件を予知したのか？　それで先回りして戯曲に仕立てた？　そんなことは、現実的に考えてありえない。共通項が多い以上、彼が犯人かどうかは別として何らかの形で事件に関わっていたと解釈する方が自然だ」

「でも、それでは疑ってくれと吹聴するようなものですよ？」

信じたくない一心で、佳雨は間髪を容《い》れずに言い返す。

「若旦那は、林様が手柄欲しさに自分の書いた筋書き通りの事件を起こしたって言うんですか。それをあらかじめ戯曲に仕上げておいて、世間が騒いでいる間に上演しようと。でも、それこそ現実的じゃありませんよ。誰だって変に思うに決まっています」

「それは、俺もわかっている。だが、新聞には盗まれた品の中に〝骨董の茶碗〟が含まれているとは書いていない。〝金目の物〟で一括《ひとくく》りにされているからね。要するに、事件関係者でないと知り得ない情報が戯曲には盛り込まれているんだ」

「そんな……」

「彼が自ら進んで容疑をかけられるような真似をするとは思えないが、それならどうして茶碗のことを知っていたのか、不思議な話ではあるだろう？」

これには、もう反論できなかった。つい先刻まで肌を合わせていた相手だが、林はもとから風変りな面のある客だ。床入りの最中に芝居の台詞が浮かんだと言い出し、布団から飛び出して素っ裸のまま書き物を始めるのもしょっちゅうだった。

「確かに芸術肌と言いますか、世間一般の常識が通用しないところはありますが……」

控えめな感想だけ口にすると、何が可笑《おか》しいのか久弥はくっくと喉を震わせる。

「ここは遊郭だ。常識なんて重んじる輩《やから》は、誰一人いやしないよ、佳雨」

「若旦那……」

「おまえのように、現実離れした生き物が棲《す》んでいる。それは、色街だから存在できる幻のようなものだ。俺は地上で、おまえがただの人間になるのを待っているんだよ」

「……はい」

年季明けまでの数年を、久弥は堪えると誓ってくれた。佳雨は微笑んで居住まいを正し、だからこそ英語を学んでいるのだと自身へ言い聞かせる。希里が妙に気を回して憂えているようだが、今のところデスモンドは望む知識と教養を教わるには最高の教師だった。

「先ほどの林様は普段と変わりありませんでしたが、もしや警察は若旦那が先ほど話した内容をまだ知らないのでしょうか」

「いや、知ったのはここ数日だと思うがもう動いているはずだよ。恐らく、本人には悟られないように内偵を進めているところなんだろう。高飛びでもされたら事だからね」

「………………」

さすがに、それは複雑だ。東秀が犯人なら同情の余地はないが、何も知らずに意気揚々と次作の構想についてまくしたてていた様子を思い出し、何とも言えない気分になる。

そんな佳雨の心中を察したのか、不意に久弥が悪戯っぽい口調で切り出した。

「何を隠そう、この情報を摑んできたのは九条なんだ。彼が懇意にしている『風変りな友人』から、海老天井《えびてんどん》の上でこっそり教えてもらったらしい」

「海老天井の上……」

「ああ。ずいぶんと安上がりな情報屋だな、とからかったら、後が怖いと笑っていたよ」

何となく、よく似た話を以前に誰かから聞いた気がする。

その時は確か『親子丼』だったと記憶しているが、もし佳雨が思い違いをしていないなら意外な組み合わせに驚かざるを得ない。

「あの銀花が警察に協力……」

「ま、そこは問うのも野暮というものだ。九条もぼかしているからね。ともかく、俺は林が犯人かどうかには興味がないが、赤楽の茶碗を誰に売ったのかには興味がある」

「そうですよね。行方がわかるかもしれませんし」

「いや、それはいいんだ。もうわかっている」

「え？」

「あ……うん、まぁ持ち主は突き止めたんだ。ついでに、現在の持ち主に売りつけた人物を知りたいと思ってね。可能なら直接会って、いろいろ訊きたいことがある。もしかしたら、うちの蔵から盗み出した大元の正体に繋《つな》がるかもしれないし」

妙に歯切れの悪い物言いに、佳雨は何となく据わりの悪い気持ちになった。もしかして、久弥にはまだ自分に言えない隠し事があるのではないか。そう問い質《ただ》したいのに、ももやと言葉が出てこない。盗まれた骨董に関しては必ず事件が付き纏うため、彼は佳雨が関わるのを非常に嫌がるからだ。先日も揉めたばかりなので、無用の喧嘩は避けたかった。

「……わかりました。では、俺は林様がまたいらしたら、少し注意してお話を聞いてみましょう。そう頻繁に登楼はされませんが、こんな場所だからこそうっかり滑《すべ》らせる秘密もあるかもしれません。もし何かあったら、すぐ若旦那へお伝えしますよ」

「ああ、充分だ。言っておくが、くれぐれも……」

「わかっています。危ないことには首を突っ込まない、でしょう？」

澄まし顔で先手を打つと、ぱちくりと久弥が瞬きをする。やがて二人は顔を見合わせ、ようやく緊張を解いて笑顔を見せた。

「これまで、何度となく骨董を巡って危険な目に遭ってきましたからね。そのたびに寿命が縮むと、若旦那からはきついお叱りを受けています。俺だって学習しますよ」

「やれやれ。それが口先だけでないのを祈っているよ」

「でも、世間は広いというのに不思議ですね」

前から薄々感じていたことを、流れでポツリと呟いてみる。

「五つの品全てが、悉《ことごと》く俺の周りで事件を起こしている。だから、こっちも関らずにはいられなくなっちまうんですよ。色街は人の業の吹き溜まりですし、曰く付きの骨董にとっては居心地が好いんでしょうけれど」

「……そうだな」

答える久弥の瞳に、微かな翳《かげ》りが差す。だが、すぐに抱き締められてしまったので、生憎と佳雨はその本当の色を見ることができなかった。ただ、背中に回された腕の強さに溜め息が出るばかりだ。この腕に抱かれている限り、どんなことにも耐えられると思った。

「もうお帰りの時間ですね……」

行かないでほしい。離さないでほしい。

後から後から溢れる我儘を、佳雨は必死に呑み込んでいく。この同じ屋根の下、どれだけの遊女が惚れた男に同じ願いを抱いているだろう。『翠雨楼』に雪紅あり、と謳《うた》われた姉でさえも、そんな風に泣いた夜があったのだろうか。

「佳雨……」

離れがたい思いを表すように、久弥の腕に力が込められた。

夜は更け、廓内の時間も少しずつ様子を変えていく。

笑い声は吐息に、お囃子《はやし》は衣擦《きぬず》れに。

欲望と情が絡まり合う褥で、偽りと本音の駆け引きが始まる。

淫靡な気配が闇を染めていく中、二人はそのまま身じろぎもできなかった。

「ふぅん、それで？　偶然出会った『つばき』の主人に、後日請われて骨董の鑑定に行った。

一体、その話のどこが面妖《めんよう》なんだ？　そもそも、それはおまえの商売だろう？」

人払いをした『蜻蛉』の座敷で、手酌で銚子から酒を注ぎつつ九条は言う。

「約束通り『蜻蛉』に招いてくれた礼は言うが……百目鬼、おまえの話はいつもまどろっこしい。もっと、本題からさっさと切り込んでくれないか。俺だって暇じゃないんだぞ」

「捜査の方、何か進展があったのか？」

「おい、一般市民にぺらぺら話せるわけないだろうが。……とはいえ、おまえには盗品流れの件で情報屋を紹介してもらった借りがあるからな。だが、今はそっちの話が先だ」

「せっかちだなぁ」

「何を言う。『つばき』なら、俺の母親も贔屓にして何枚も訪問着を仕立てている店だ。当主の様子がおかしいとあったら聞き逃せない」

佳雨との逢瀬から三日後、久弥は九条を呼び出して『蜻蛉』で夕食を取っていた。もちろん食事は口実で、その後の捜査内容を教えてもらうためだ。そうそう金のかかる花魁通いが林にできるとも思えず、案の定、佳雨からはまだ何も連絡がないが、だからと言って手をこまねいて待っているわけにはいかなかった。

「大体、おまえには戯曲家の一件まで教えてやっただろうが。言っておくが、あの情報は特別中の特別だぞ。捜査本部の内偵が入っている、言わばトップシークレットだ」

「気取って英語を使っても、有難みは変わりはしないぞ」

「うるさいな、気分だよ、気分。で、どうなんだ。『つばき』の店へ行ったってことは、傾城の美女と名高い奥方を拝んできたわけか？　確か、佳雨さんのお姉さんだよな？」

「おまえ、真っ先に訊くことがそれか」

刑事と言えど、九条も独身の若い男だ。美女と聞けば、大いに興味はそそられるらしい。膳から身を乗り出すように迫られ、久弥は微妙な面持ちで苦笑いを返した。

「残念ながら、奥方は病気で療養中だそうだ。いきなりは不躾なので詳しくは聞けなかったが、箱根の方で静養をしているらしい。だが、何と言っても佳雨の唯一の身内だからな。近く容態は教えてもらうつもりだよ。万一のことがあったら一大事だ」

「そんなに重い様子なのか？」

「清太郎氏の態度から、命に関わるほどではないと思うんだが……。ただ、一朝一夕で治る病というわけでもない感じだったな。帰りがけに奉公の子に尋ねたら、やっぱり数ヶ月前から店には出ていないと言っていたし」

「う～ん……それは、ちょっと佳雨さんに聞かせられないな……」

人の好い九条は、痛ましげに眉間へ皺を寄せる。だが、気持ちは久弥も同じだった。

林東秀の件で佳雨を訪ねた際、清太郎との出会いを話すべきかどうか迷わなかったわけではない。しかし、雪紅本人に会ったわけではないし、具体的な状況が何もわからない段階では逆に不安にさせてしまうだろうと考えてやめておいた。その判断を悔いることがないように、できるだけ早く彼女の容態を確かめる必要がある。赤楽の茶碗と雪紅との思わぬ関わりがわかって以来、嫌な胸騒ぎはずっと久弥を悩ませていた。

「じゃあ、百目鬼を招いたのは本当に細君のこととは関係なかったのか。向こうは、おまえが佳雨さんの間夫だと承知していたんだろう？　鑑定は口実で、俺はてっきり……」

「だから、面妖だと言ったんだよ。九条が回りくどいと文句を言うから単刀直入に言うが、骨董の鑑定と言うのが——例の赤楽の茶碗だったんだ」

「なん……だって……」

思った通り、さっと九条の顔色が変わる。

「おい、それは本当か？　俺たちが探している、あの茶碗か？」

「違っていたら、今夜おまえを誘った意味がないじゃないか。ああ、間違いなくうちから盗まれ、事件の起きた三峰家から再び姿を消した赤楽の茶碗だった。まさか『つばき』の主人の元で再会するとは、俺だってまだ信じられないくらいだよ」

「…………」

「清太郎氏は、少し前に北沢《きたざわ》町まで細君の病気平癒を祈願しに詣でたらしいんだ」

驚きの中で絶句したままの友人に、久弥は淡々と知り得た事実を話し始めた。

「その帰り、辻占《つじうら》をやっている女に声をかけられた。その女が〝奥様の病を治したければ、路地裏の古道具屋で赤楽の茶碗を買い、それでせんじ薬を飲ませなさい〟と言ったらしい。

そうすれば必ず奥様は回復すると薬師如来様が告げている、とね」

「はあ？　何だ、そりゃ。どう考えても、よくある詐欺じゃないか。大方古道具屋とグルになって、参拝客に言葉巧みにガラクタを売りつけようって魂胆だろう」

「普通は、そうだろうな」

緊張した反動か、バカバカしい、と思い切り呆れ顔で嘆息される。だが、それも無理はなく、久弥だってまったく同じことを思ったのだ。大店の主人と言えど箱入り育ち、弱みにつけ込まれてカモにされたんだろう、くらいにしか考えなかった。

「だが、実際は違ったんだよ」

話の滑りを良くしようと、久弥もひと息に盃を煽る。『蜻蛉』の女将には食事は合図をしてからと話してあるので、膳の上は付き出しの小鉢があるだけだった。

「もし詐欺なら、二束三文の値段であの茶碗を売ったりするものか。聞けば一円もしなかったと言うんだから。あれは、その百倍は値をつけられる代物《しろもの》だぞ」

「いや、だからそういう価値のわからない奴が……」

「本当にそう思うか？　盗んだ犯人が持て余して叩き売ったならまだしも、俺にはそんな風に考えられない。だったら、他にもっと盗める物があったはずだ。ともかく、清太郎氏としてみれば藁にもすがる思いだったんだろう。言われるままに茶碗を買い求め、持ち帰ってからハタと冷静になった。そこで、俺を思い出したというわけさ。器のことはよくわからない

が、もしせんじ薬を盛って逆に毒にでもなったらと心配になったらしい」

「ああ、塗料や材質が災いして、とかか?」

「そもそもが辻占の怪しい助言だから、気を回したのかもしれないな」

毒でも塗っていない限り、まずそんな危険はないのだが、清太郎とは浅からぬ縁があるので久弥も気軽に承知した。そうして、出てきたのが赤楽の茶碗だった。

「さて、ここで厄介《やっかい》な問題だ」

気がつけば、お銚子が一本空いている。少し早すぎたかな、と思ったが、目の前の九条も同じ顔をしていた。二人は笑い合い、追加の酒と食事を頼むことにする。九条が廊下に出て仲居を捕まえ、注文を済ませて座敷へ戻ってきた。そのいそいそした様子から、だいぶ話の内容に興味を覚えているのがわかる。

「さ、続きを話せ。急がないと料理が来てしまう。何が厄介なんだ?」

「何もかもだ。そうは思わないのか? 俺は一目で探していた茶碗とわかったが、鑑定で嘘を言うわけにはいかない。詐欺ではない、これは値打ち物の赤楽だ、と正直に言ったよ」

「ふんふん」

「ついでを装って、言い値で引き取るから譲ってほしいと打診した。殺害現場から盗まれた品だとは、さすがに言い難くってね。何しろ先方には病人がいるから、縁起の悪い話は憚《はばか》られたんだよ。だが、それが仇《あだ》になってしまった」

「せんじ薬か。その器で飲ませないとダメだと、占いの女が言ったんだものな?」

察しのいい九条が、図星だろうと言わんばかりに先を読んだ。

「ああ。先に盗品だと言えば良かったんだが、きちんとした品だとわかった途端、清太郎氏の目が変わってね。巡り合ったのはきっと薬師如来様のお導きだ、これで女房は治るに違いないと、もう手放しの喜びようなんだよ。もちろん、売る気は毛頭ない、これは誰にも渡さないときっぱり断られてしまった」

「う〜ん、そういうことか……」

「我ながらしくじった。もっと上手い方法があったろうに、思わぬところで茶碗を前にして気が動転したんだ。『百目鬼堂』の看板を受け継いでから、俺なりに海千山千の好事家を相手に腕を磨いてきたつもりだったが、まだまだ甘かったよ」

「百目鬼……」

本気で悔いているのがわかったのか、さすがに九条も茶化してはこなかった。

けれど、今の話を聞いた以上、警察としても動かないわけにはいかない。赤楽の茶碗は犯罪の証拠品だし、何より盗品なので他にちゃんとした持ち主がいる。

「俺が令状を取れば、警察の方で押収はできると思う。だが、奥方の病気がかかっているとなれば占いでも何でも頼りたくはなるだろうしな。下手《へた》に逆上されたら、却って面倒なことになるかもしれないし……」

「ああ。それに、あれは普通の茶碗じゃない。持ち主の欲望を膨らませ、暴走させる曰く付きだ。信じられないかもしれないが、九条、おまえだって何度も出くわしただろう？　そんな持ち主たちの犯した様々な事件に」

「忘れようったって、忘れられないよ。何せ、親友を二度も殺されかけたんだ」

はぁ、とウンザリ気味に溜め息をつかれては、久弥も返す言葉がなかった。九条に助けられたことも多いし、佳雨や希里を巻き添えにして死ぬほど後悔したこともある。

「でも、このまんまというわけにはいかないな。実際、茶碗自体を押収したところで犯人検挙には繋がらない。そういう意味での緊急性はないものの、下手すりゃこっちが証拠隠匿罪だ。俺にも刑事という立場があるし、長くは見逃していられないぞ」

「わかっている。それに、俺は雪紅さんが心配だ。箱根で療養しているのは嘘でないにしても、できることなら一目でも本人に会って話がしてみたい。だが、清太郎氏がそれを承知するとは思えないんだ。丁稚の話によると、病気を口止めしているばかりか誰にも会わせないでいるらしい。その子は雪紅に懐いていたらしく、ひどく心配していたよ」

「そうか……くそ、事件でもない限り、他人の家の事情に介入はできないしな……」

「面会謝絶なんだと言われたら、無理強いはできないだろう？」

八方ふさがりだよ、と久弥が嘆息した直後、廊下から「失礼いたします」と仲居が声をかけてきた。二人は揃って顔を上げ、まずは腹ごしらえをするか、と気分を切り替える。

言霊《ことだま》を重んじてどちらも言葉にはしなかったが、この先に少々厄介な運命が待ち受けている予感はひしひしと感じていた。

「まぁまぁ百目鬼様、九条様。その節は、本当に……」

機を窺っていた女将が、改めて挨拶《あいさつ》にやってきた。裏葉緑の縮緬《ちりめん》地に友禅で白藤を染めた凜々しい装いは、彼女が未来を見据えて働いている表れだろう。

「百目鬼様にはお詫《わ》びのしようもないほどでしたのに、こうしてまた訪ねて来てくださって心から嬉しく思います。手前どもで精一杯のもてなしをさせていただきますので、どうかお楽しみくださいましね」

「ありがとう、女将。俺たちは父の代から『蜻蛉』の味を愛してきましたからね、そうそうよそに浮気はできませんよ」

久弥の言葉に、女将は微笑みながら目を潤ませる。入り婿《むこ》だった彼女の夫は曰く付きの骨董を手に入れた日からおかしくなり、ついには殺人にまで手を染めてしまった。犯人同士の仲間割れで罪を償う機会もなく亡くなったが、女一人で地に落ちた店の評判を立て直すのは並大抵の苦労ではなかったに違いない。

「そんなもの、あの人の手にかかった方々の無念を思えば何でもありませんよ」

痛ましげに睫毛を伏せ、女将は疲れたように呟いた。

佳雨《かう》がデスモンドの屋敷へ通い出して、そろそろ一ヶ月になる。

週に三回、一度に二時間の個人授業は内容もみっしりと身になるものが多く、もともと耳で覚えていた下地も手伝って上達ぶりはデスモンドを驚かせるほど早かった。

「優秀な生徒で嬉《うれ》しいね。最低限の意思の疎通に関しては、だいぶ成長しているよ。問題は聴き取りと発音だが、英語を聞く機会はこの街では圧倒的に少ないし、慣れろというのも難しいかな。ユキは耳がいいから、留学でもすれば本場の発音もこなせるだろうに」

「大門から外へも出られないのに、留学なんて夢のまた夢ですよ」

にこやかに笑って受け流すと、デスモンドは残念そうに肩を竦《すく》めた。

「色街の客は、やはりほとんどが日本人のようだね」

「港町ですと異国の方専門の娼館《しょうかん》もありますが、ここは江戸っ子の巣窟《そうくつ》ですからね。でも、これからはわからないと鍋島《なべしま》様も仰《おっしゃ》っておいででした。実は、それを理由にこうして勉強に通う許しを楼主に取り付けてくださったんです」

すっかり紅茶の淹《い》れ方も板につき、佳雨はデスモンド仕込みの振る舞いで優雅にカップを傾ける。始めこそ授業をしてもらう条件でしかなかったが、今では彼とお茶を飲みながら交わす会話は小さな楽しみの一つになっていた。

五月が近づき、新緑が目に眩《まぶ》しい季節の到来だ。少しでも多く客に金を落としてもらうために色街は殊の外、行事が多く、もうすぐ『翠雨楼《すいうろう》』でも端午の節句にかこつけた紋日が予定されていた。この日は揚代が倍になるうえ、客がつかなければ遊女が自腹を切る決まりがあるため、どの妓《ぎ》も客集めに必死になる。

(林様《はやし》にも手紙を出して、ぜひおいでくださいとお願いしておいたが……どうだろうか)

久弥が最後に登楼し、東秀《とうしゅう》の話をしてから一週間余りが過ぎていた。そろそろ顔を見せてくれる頃合いだと期待しつつ、報告できるような話が何もないのが心苦しい。

(世間の興味もすっかり薄れて、新聞にも記事が載らないようになってしまったし)

赤楽《あからく》の茶碗《ちゃわん》を求めて、恋人は今も駆けずり回っているのだろうか。そうだとすれば、やはり逢瀬《おうせ》はもう少し先になるかもしれない。はぁ、と溜《た》め息をつく佳雨を、デスモンドが気遣うように声をかけてきた。

「ユキ、疲れたかい？　今日は、そろそろ終わりにしようか」

「あ、申し訳ありません、デスモンド様。いえ、ちょっと考え事をしていただけです。こちらのお宅は本当に居心地が良くて、つい浮世の沙汰《さた》を忘れてしまいますよ」

「楽しいのは、私も同じだよ。ユキ」

うっとりと愛《め》でるように囁《ささや》いて、デスモンドが青い瞳《ひとみ》を細めた。

見れば見るほど不思議な色だ、と佳雨は見つめられるたびに思う。

異国の人は瞳の色にもいろいろあって、薄茶や翠《みどり》、灰がかった藍《あい》など様々に美しさを誇っているが、デスモンドの真っ青な色は格別に心へ染み込んできた。

けれど、それは瞳に浮かぶ微熱のせいかもしれない。

素知らぬ顔を通してはいるが、彼の眼差《まなざ》しに甘い温度があることは、とうに佳雨もわかっていた。遡《さかのぼ》れば初対面の日、義重《よししげ》を交えて『松葉屋《まつばや》』の座敷で挨拶《あいさつ》をした瞬間に、それは青い瞳に宿ったのだ。勘の良い希里《きさと》が何かと気を揉《も》むのは、当然の成り行きだった。

「あの、デスモンド様。何度もお願いしていることですが……」

飲み干したカップを受け皿へ戻し、佳雨は正面からきちんと相手に向き合う。

「どうか、謝礼を受け取ってくださいな。僅《わず》かばかりの額で恥ずかしくなっちまいますが、こちらで勉強させていただいてから、俺は一度も授業の対価をお支払いしていません。何度お渡ししても突っ返されて、これじゃ立つ瀬がないじゃないですか」

「君は、私のお茶に付き合うという条件を満たしているよ。それで充分だ」

「俺は困ります。鍋島様もその辺は呑気《のんき》で、いくら取り持ってくださいとお願いしても、いいじゃないかの一点張りで。いえ、デスモンド様が何不自由ない暮らしをされているのはわかります。お金の問題ではないことも。でも、こっちは肩身が狭いですよ」

「ユキ……」

ああもう、と思わず舌打ちをしたくなった。

毎回この話になると、デスモンドに「そんな水臭いことを言わないでくれないか」と悲しげに訴えられて終わりなのだ。自分は親戚《しんせき》の子に教えているくらいの軽い気持ちなのに、他人行儀だと拗《す》ねたり文句を言われたりもする。

「本当に、お願いいたします。そうでないと、遠慮が高じて伺うのが辛《つら》くなります」

「それは……」

「え？」

「それは、もう訪ねて来てはくれない、という意味だろうか」

「デスモンド様……」

みるみる打ちひしがれていく様子に、佳雨は再び溜め息を漏らさずにはいられなかった。立ち居振る舞いは立派な紳士なのに、ふとした弾みに見せる素顔は傷つきやすく、無垢《むく》な子どものように脆《もろ》い。そこがデスモンドの魅力とも言えるが、地上から数センチ浮いた佇《たたず》まいは世俗の泥に息づく佳雨をたびたび困惑させた。

「俺は、可能な限りはこちらで勉強をさせていただきたい。そう思っていますよ」

他に言い様もなくて、努めて柔らかな声を心がける。

「ですが、それとこれとは話が別です。若造が生意気な、と思われるかもしれませんが、俺は金で人と寝るのが商売です。それだけに、せめて他のことでは他人様《よそさま》に面倒をかけたり、後ろ指を指されるような真似《まね》はしたくないんですよ」

「ユキ……」

「ここは色街です。穿《うが》った人が見れば、謝礼代わりに俺がデスモンド様と寝ていると勘ぐるかもしれません。俺のような人間がお側にいれば、そういうご迷惑をおかけする可能性もあるんです。こちらへ通う前、鍋島様にはそこまで案じなくていいと含められていましたが、俺はきちんと胸を張って伺いたいんです」

「…………」

「これは、俺の我儘《わがまま》だと承知しています。お優しいデスモンド様のお気持ちを、無にしてしまい申し訳ないと思います。ですが、どうかわかっていただけませんか」

口調は穏やかでも、佳雨は凜《りん》と付け入る隙《すき》を与えなかった。自分自身がデスモンドに弱いことを知っているので、尚更綻《なおさらほころ》びは見せられない。先日、義重が登楼した際にも「頑《かたく》なだな」と笑われたが、こればかりは性分なので変えられなかった。

「私が君と寝ている……？　そうか、そんなことは考えてもみなかった」

呆然《ぼうぜん》と呟《つぶや》きを漏らし、デスモンドはしばし黙り込んだ。しかし、それが普通だろう。いくら色街とはいえ同性愛の趣味でもなければ、まずそんな発想は出てこない。

だが、佳雨は男花魁《おいらん》だ。

女物の着物を纏《まと》い、それを恥じることなく往来を歩いている。傾国の美女もかくやという容姿だから許されているものの、骨格も顔かたちも男であることに変わりはないから、奇妙に感じる輩《やから》はいて当然だと思う。

「いや……しかし、それはダメだ」

「ええ、当たり前です。そういう目で見る者がいるだろう、というたとえ話ですよ。申し訳ありません、お気に障りましたか？」

「そうではなくて」

お茶用の小さなテーブル越しに、デスモンドが身を乗り出してきた。何か素晴らしい思い付きでもしたかのように、青い瞳が生き生きと輝いている。

「ユキ、どうだろう。この際だから、私の元へ来るというのは」

「え……」

「この屋敷に住むんだよ。無論、私と一緒に。いや、色街に住み続けるのが憚《はばか》られるなら、静かな場所へ引っ越してもいいな。庭のあるこぢんまりした屋敷を買って、そこで英語を教えてあげよう。いずれ、私の生まれ育ったロンドンへも連れて行ってあげる」

「ちょ、ちょっと待ってください。俺は……」

どうしてそうなるのか、佳雨にはさっぱりわからなかった。ただ、デスモンドが冗談や気まぐれで言っているのではないことは真剣な表情から伝わってくる。それだけに、いつも酔客の戯言《ざれごと》をかわすのと同じ対応をしていいものかどうか、少し迷うところだった。

「わかっているよ、ユキ。君には想い人がいる。紹介してくれた鍋島が、恋しても無駄だよと私に釘《くぎ》を刺していたからね。色街の言葉では〝間夫《まぶ》〟と呼ぶんだろう?」

「知っていらっしゃるなら、どうして……」

「相手は『百目鬼堂《どうめきどう》』の主人だ。彼からは何回か、骨董《こっとう》を買い求めたことがある。品も教養もあり、非常に審美眼の優れた若者だ。私も、彼のことは好ましく思うよ」

「デスモンド様……」

ますます、わけがわからない。一体、彼は自分をどうしたいのだろう。他に想う相手がいると知っていながら、一緒に暮らそうと言い出す真意がさっぱり読めなかった。まして、口ぶりから察するに、大門から連れ出そうという腹のようだ。

「鍋島様が仰るには、デスモンド様は一時期よく廓《くるわ》通いをされていたそうですね」

「昔のことだよ。もう四年ほどになるだろうか。この街の雑多な空気が好きで住み着いてはいるが、今はすっかり足が遠のいてしまった。そんな情熱は無くしてしまったしね」

「それでも、色街の作法は呑《の》み込んでいらっしゃるはずです。俺は遊女と同じですから、借金を返し終わるまでは大門を出ることは叶いません」

「…………」

「正直、ここへ通うのも楼主からは嫌な顔をされているんです。花魁がすっぴんでふらふら出歩くもんじゃない、有難みが薄れちまうってね。ただ、上得意の鍋島様が間に入ってくださったから見て見ぬ振りをしてもらっちゃいますが……。ああ、同じ遊女仲間にも陰ではあれやこれや言われています。英語の勉強だなんて、何様なんだってね」

今までは控えめに振る舞い、自分のことはあまり話さずにきた。けれど、もしデスモンドが何か夢をみているなら、早いうちに現実を知らせておいた方がいいだろう。

「要するに、俺は遊郭の商品なんです。自由に見えても、それは錯覚です。この街を出てデスモンド様と暮らしたり、ましてや海外なんて……」

迂闊《うかつ》だった、と話しながら後悔がよぎった。

俗世から離れた時間があまりに優しかったのと、何だかんだ言っても廓通いで色事の分別はついている御仁だろうと、甘く考えていたのが良くなかったのだ。

「うん、わかっているよ、ユキ」

構える佳雨に比べ、あくまでデスモンドは穏やかだ。屈託のない笑顔はそのままに、揺るぎない決意に満ちた眼差しを向けてきた。

「だから、まずは私が君を身請けしよう」

「は……い……?」

「君を『翠雨楼』から請け出して、自由の身にしてあげると言ったんだ」

「…………」

そういうつもりでは……と反論しようとして、無力感に佳雨は口をつぐんだ。

何を言ったとしても、デスモンドは「わかっているよ」と答えるだろう。彼は何もかも承知で、佳雨の心が別の男にあることも知った上で身請けを提案しているのだ。初めて会った時から因縁を感じてはいたし、それはお互い暗黙のうちに胸へ収めるものだと思っていたのだが、どうやら見誤ってしまったらしい。

「はっきり申し上げてよろしいですか」

それでも、好意を受け取るわけにはいかなかった。

以前久弥にも言ったように、大門を出るのは己の力で、と決めている。初めは意地と誇りが言わせていたが、ようやく佳雨自身にもその真の意味がわかった。

一人で生きるという気概そのものが、姉と決別してまで自ら苦界へ堕《お》ちた業なのだ。

「俺は、どなたのお世話にもなる気はありません」

「ユキ……」

「大変有難いお話ですが、デスモンド様にそういうお心があるとわかった以上、これまでと同じというわけにはまいりません。明日から、こちらに伺うのはやめることにします」

「ま……待ってくれないか。私は君を困らせるつもりでは……」

「誤解の無いよう、付け加えさせてください」

縋《すが》る瞳を避けながら、心を鬼にして先を続ける。

「百目鬼久弥様は、確かに俺が真を捧げたお方です。恋しくて恋しくてたまらない、唯一無二の方なんです。それでも、俺はあの方に身請けしていただこうとは思いません。デスモンド様のお心を無にしたのはあくまで俺の問題で、久弥様は関係ありません」

「…………」

「本当に——申し訳ありません」

ここが座敷なら、両手をついて頭を下げるところだった。気のある相手に踏み込ませないのが遊女の手管だと言うのに、ユキと本名で呼ばれている間に勘が鈍ったのかもしれない。

（……いや、本当はそうじゃない。俺は、油断していたんだ）

希里にも心配されたし、久弥にも嫉妬《しっと》された。それほどの相手だったのに、隙を見せてしまった。それは、心のどこかでデスモンドに対する負い目があったせいだ。贖罪《しょくざい》にも似た気持ちが自分の中にあったことを、佳雨はこの期に及んで初めて自覚した。

（姉さん……登志子《としこ》姉さん……）

思わず、胸の中で姉の名前を呼んだ。

色街一の美女と誉れの高かった、花魁雪紅《せっこう》。姉によく似た面差しをしていたお蔭《かげ》で、評判を聞いた馴染《なじ》み客が何人も佳雨を贔屓《ひいき》にしてくれた。男花魁という色物を続けてこられたのは、姉の後光が少なからず影響していたのは疑いの余地もない。

「ユキ、どうしたんだい。そんなに、私の申し出が辛かったのなら謝ろう。私は、君を傷つけるつもりではなかったんだ。君がここへ通うことでおかしな噂《うわさ》になるくらいなら、いっそきちんと形にした方がと……いや、それは本心じゃないな……」

「デスモンド様……」

「そうだね、もう正直にならなくては」

優しい面立ちを引き締め、デスモンドは言った。

「ユキ、私は君が欲しいんだ。臆病《おくびょう》なまま何もできずに、一生悔いるような恋はもうしたくない。誰の目も気にせず、君と暮らしたい」

「………」

「君が自分の力で大門を出ると言うのなら、まずは私が借金の肩代わりをしよう。君は私と暮らしながら、仕事を見つけて私に少しずつ返してくれればいいんだ。もちろん客を取るような仕事はしなくていいし、私の恋人にならなくても構わない」

「俺は……」

「ユキ、よく聞いて」

初恋の、音と色を今でもよく覚えている。

そう言って微笑《ほほえ》んだ彼が、儚《はかな》い望みを摑《つか》むように両手で佳雨の右手を包み込んだ。

「他に想う相手がいるのなら、ただ側にいてくれるだけでいいんだ」

「そんな、そういうわけにはいきません。お願いです、手を離してください」

「どうか拒まないでくれ。私は君を……――」

「デスモンド様、どうか」

「きみ……を……」

その先を、デスモンドは口にしなかった。

すうっと顔から血の気が失《う》せていき、苦悶《くもん》の表情が広がっていく。それでも佳雨の手だけは離さず、テーブルに突っ伏すなり苦しげに全身を強張《こわば》らせた。

「あの、デスモンド様……？　もし、大丈夫ですかっ？」

「ユ……キ……」

「苦しいんですね？　ダメです、しゃべっては。今、すぐにお医者様を……」

「返事……を……」

急いで手を抜こうとした佳雨をぐっと引き寄せ、どこにこんな力が、と思うほどの強さで握り締める。荒く乱れた呼吸の下、歪《ゆが》んだ青い瞳が必死にこちらを見つめていた。

「ユキ、返事を……聞かせて……」

「…………」

捕らわれた右手が震え出し、佳雨は瞬《まばた》きもできずに彼を見つめ返す。

呼ばなくては。誰か助けを呼んで、すぐにも医者に診《み》せなくては。

頭ではそうくり返しているのに、なかなか身体《からだ》は動かない。

「あ……」

気がつけばカップが引っくり返り、床で粉々に砕けていた。まるでデスモンドの命のようだと身震いが走り、次の瞬間、ようやく佳雨は声の限りに助けを求めた。

午後の陽光に照らされて、水面《みなも》に煌《きら》めきが生まれては消える。

大小のたらいや、飯台に乗せられた金魚鉢の中で、赤や黒、金に銀と様々な金魚が元気に泳ぎ回っていた。よく太ったもの、目が飛び出て奇怪な様相のもの、種類も実に様々だが、一番多いのは縁日でもよく見る小さい奴だ。他の金魚が眠たげにたゆたっている隙間《すきま》を、まるで水鉄砲で撃たれたように縫っていく。

「……あ」

往来に店を出している金魚屋の前で、希里は思わず足を止めた。しゃがみ込んで熱心に見つめていた相手が、声に反応してゆっくり顔を上げる。

「あ」

こちらを見つけて、彼も短く声を出した。いや、『彼』と呼ぶには少々語弊が生じるかもしれない。小づくりな顔は少女めいて愛らしく、五月に相応《ふさわ》しい常盤《ときわ》色に、刺繍《ししゅう》で花尽くしをほどこした着物が殊の外よく似合っている。年の頃は十六か七、希里より少し年上だが、可愛《かわい》い顔立ちの中で異彩を放つ大人びた瞳が何とも言えない色香を漂わせていた。

「おまえ、希里じゃないか。何だよ、佳雨さんのお使い？」

「違う。今日は楼主のジジイが……梓《あずさ》こそ、こんなとこで何やってんだよ」

「見てわからないの。僕は、金魚を買いに来たんだよ」

「自分で？」

キョトンと、希里は問い返す。梓は、佳雨と同じく『翠雨楼』の男花魁だ。去年水揚げを済ませて独り立ちし、佳雨には及ばないまでもなかなかの評判を取っていた。廓にとって稼ぐ遊女は宝なので、日常雑事を人に任せても誰にも文句は言われない。

「誰も捕まらなかったんなら、俺に言えば良かったのに」

「おまえは、佳雨さんの禿《かむろ》だろ。僕がこき使うわけにはいかないよ」

「でも……」

確かにその通りなのだが、男花魁には少し特別な事情がある。

通常、花魁には禿や新造《しんぞ》といった見習いがつき、彼女たちの衣食住の面倒をみる代わりに身の回りの世話をさせるのが慣わしだ。だが、男の梓には決まった禿はいなかった。そもそも希里が例外なのであって、男花魁になれるような人材は滅多《めった》に出てこないのだ。かと言って、形は女のようでも立派に中味は男だから、必要以上に少女たちと交らわせるわけにもいかない。仕方なく遣《や》り手婆《ばば》のトキが梓に付き、彼女が忙しい時は手の空いた者が持ち回りで世話をしていると聞いていた。

「いいんだよ、金魚屋に行くくらい。たまの気晴らしさ」

「そっか」

「そう。生き物は、自分の目で選ばないとね。ずっと可愛がって育てるんだから」

「へぇ……」

不思議なことを言う、と希里は首を捻《ひね》った。犬や猫を飼うならともかく、金魚は呼んでも返事をしないし、どちらかというと飾り物の一つではないかと思っていたからだ。遊女の中でも部屋持ちの売れっ妓には、凝った作りの水槽にたくさんの金魚を泳がせて楽しんでいる者もいるが、「可愛がって育てる」というのとは少し違う。

「本当は仔猫《こねこ》が欲しかったんだけど、お馴染みの旦那《だんな》様に猫嫌いな方がいらっしゃるから」

訊《き》きもしないのに、ポツリと梓が続けた。

「金魚だったら、誰にも遠慮せず面倒みられるしね。生きているものと暮らせば、僕も少し気が紛れるんじゃないかなあと思って」

「何かあったのか?」

「……別に。おまえに言ったたってしょうがないよ。大体、いちいち泣き言を口にしていたらキリがないし。時に、佳雨さんは元気? 若旦那とは仲良くしているの?」

新造時代、梓は佳雨に付いて廓の作法を教え込まれていた。他に頼る者のいない世界で、凛と胸を張って生きる姿がよほど支えだったのだろう。希里につっけんどんなのも、自分の

代わりに佳雨の側にいられるからだ。それがわかるだけに、何だか憎めない。

「仲は良いけど、あんまり良くない」

「は？　何だよ、それ」

「……………」

「ふぅん。やっぱり、噂は本当だったのか。佳雨さんが、鍋島様の紹介した英国人に落籍されるんじゃないかって廓内でもっぱらだったからね。もちろん、そんなことありっこないって僕はわかってるけど……そのことで、若旦那と喧嘩でもしたの？」

どこまで正直に言ったらいいものかと、希里はぶんぶんと首を振った。少年二人の会話をよそに、金魚屋の親父《おやじ》は昼寝でもしているのか俯《うつむ》いたまま微動だにしない。ぱちゃん、と小さな水音がして、活《い》きの良い一匹がたらいの中できらりと跳ねた。

「佳雨さんは、その英国人から語学を習っているんだってね」

金魚の泳ぎを目で追いながら、梓は言う。

「お父さんが渋い顔で零《こぼ》していたよ。鍋島様の顔を立てて見逃してるけど、他の遊女たちは煙たく思ってるって。皆、斜に構えて傷つかないように生きているから、佳雨さんみたいにやりたいことを躊躇《ちゅうちょ》しない様子が鼻につくんだろうね」

「佳雨が英語覚えたら、何か不都合があんのかよ。俺、全然わかんねぇ」

「諦《あきら》めることで折り合いをつけている人間に、佳雨さんは居心地が悪い相手なんだよ。あの人は、絶対に投げやりにならないじゃない。自分を可哀想がったり、他人のせいにして楽になろうとしないで、全部背負って生きようと無理をするだろう？」

「無理……なのか……」

そんな風にはちっとも見えなかったので、希里は些《いささ》か衝撃を受ける。自分の知っている佳雨は涼しげな横顔で、多少の苦労は笑い飛ばしてしまう大らかさがあった。

「無理じゃない人なんか、いないよ。だって、僕たち男花魁は存在自体が歪《いびつ》だもの。お客様の趣向に合わせてこしらえられた、生きるお人形なんだから。そもそも、やってることが普通じゃないだろ？　僕たちが客とする行為は、世間じゃ男と女がやるべきことなんだよ？」

「お……まえ、真昼間から……っ」

「あれ？　おまえはさばけた奴だと思ってたけど、案外初心《うぶ》なんだなぁ」

赤くなる希里へ、ころころと梓が軽やかに笑った。

「だけど、僕ちょっと気になる話を小耳に挟んだんだよね」

「え？」

「噂の相手の英国人って、何年か前まで『翠雨楼』に来ていたって。まだ佳雨さんが下働きをしていた頃で、僕なんかもちろん色街の存在も知らなかったくらい昔だけど」

「…………」

「でも、佳雨さんはずっと『翠雨楼』に住んでいたんだし、英国人なんてひどく目立つ客を知らないはずないと思う。そのこと、おまえ佳雨さんの口から聞いた？」

慌てて首を振ると、そうだよね、と言わんばかりに溜め息をつかれる。物慣れた風情で話してはいても、やはり梓も佳雨が心配で仕方ないのだ。憂いたっぷりの眼差しは、一人で心許《こころもと》なかった希里にとって心強い味方がいる気分にさせてくれた。

「そりゃあ、下働きの小僧と花魁じゃ立場が全然違うし、昔を知ってるからどうしたって話なんだけどさ。何となく、佳雨さんがあえて知らん顔を通しているのが気になるんだよね。それって逆に不自然じゃない？」

「おまえ、すげぇな。そんなことまで知ってるのか」

「うん……さっき、楼主のお父さんが愚痴を零してるって話しただろ。お父さん、ぽろっと口を滑《すべ》らせたんだよね。〝姉の馴染みだった男に、今更何を習うって言うんだ。鍋島様も、ずいぶんと酔狂なお膳立てをなさる〟って」

「姉の……馴染みだって……」

「その英国人、雪紅花魁の客だったんだよ。それも、ずいぶんと熱心だったたって」

「本当か？」

血相を変えて詰め寄ると、梓は肯定するように眉根《まゆね》を寄せた。

「佳雨さんが男花魁になった時、雪紅さんに生き写しって謳《うた》い文句がついたくらい、よく似た姉弟なんだって。だから、姉の代わりに身請けするんじゃないかって噂が真《まこと》しやかに流れてるんだよ。その英国人は雪紅さんに本気で入れあげていたんだけど、一足先に『つばき』の主人が請け出しちゃって涙を呑んだそうだから」

「じゃあ、佳雨は……最初から全部承知で、あの男の屋敷に通ってたのか……」

「そうなるね。ほんと、どうしちゃったんだろう。いくら鍋島様の紹介だからって、面倒なことになるのは目に見えてるのにさ。佳雨さんなら、上手《うま》く切り抜けるだろうけど」

「それが、そうでもないいんだ」

たちまち表情を暗くする希里に、「え？」と梓が怪訝《けげん》な顔になる。しかし、あの人に限ってと彼が思うのは当然だった。厄介《やっかい》な客のあしらい方、隙を見せずにやんわり受け流す振る舞いを教えてくれたのは、誰あろう佳雨だからだ。

「そうでもないって、どういう意味さ。あ、おまえ気になる言い方をしていたよね。若旦那とは仲が良いけど、あんまり良くないって。それと、何か関係があるの？」

「その英国人、病気なんだ……」

「え……」

「本当だよ。先週のことだけど、俺、医者を呼びに行ったんだ。そろそろ勉強が終わる時間だから、いつものように迎えに行ってさ、そうしたら、ちょうど屋敷の前へ来た時に中から佳雨の叫ぶ声が聞こえて……そんで……」

「………」

「何の病気か知らないけど、佳雨は真っ青になってた。そいつが医者に診てもらってる最中も、何度もあいつに謝ってるんだ。俺、わけわかんなかった。どうして、佳雨が謝らなきゃなんないんだ。何か悪いことでもしたのか？」

話している間に、記憶がどんどん鮮やかになってくる。希里は両の拳《こぶし》を握り締め、突っ張るようにして地面に立ち尽くした。やり場のない怒りと理不尽な思いが、言葉にしたことで身の内から沸々と湧《わ》いてくるようだった。

『どなたか！　すみません、どなたか、お医者様を！』

悲痛な声でくり返す、佳雨の様子を思い出す。

驚いて屋敷へ駆け込んだ希里の視界に、意識を失ってテーブルに倒れ伏すデスモンドと必死に呼びかける佳雨が飛び込んできた。何があったのか問う間もなく「お医者様を！」と叫ばれて、とにかく踵《きびす》を返して駆けに駆けたのだ。色街で遊女たちがよく世話になっている病院まで、一度も足を止めなかった。

「その後のことは、よく知らない。俺は先に帰されちまったし、佳雨は浮かない顔で夜見世ぎりぎりに戻ってきた。廓ではいつもと変わらなかったけど、後で呼ばれて人には言うなと口止めされたよ。全然元気がない声で、佳雨の方が病人みたいだった」

「呆《あき》れたな。おまえ、口止めされたのに僕にしゃべっちゃったの？」

「だって、梓は佳雨が困るようなことしないだろ」

「……そりゃそうだけど」

満更でもなかったのか、梓は少し照れた顔つきでプイと横を向く。だが、希里の話は気になるのか、しばらく考え込むように黙ってしまった。

佳雨は、今日もデスモンドの屋敷へ出かけている。英語の勉強だと言っているが、彼が倒れてからはそれどころではないらしく見舞いの口実なのは明らかだった。ただし、そのことは希里しか知らないし、佳雨も、周りに気取られるような素振りは一切見せていない。

「ふぅん……ますます、わかんなくなっちゃったね。佳雨さん、何を考えているのかな」

「昨夜は、久しぶりに若旦那が来たんだ。英語の勉強はどうだいって訊かれてた。それなのに佳雨は何も言わなくて、若旦那の方もやたら落ち着かない感じで、すっごい気まずい空気だった。俺が『翠雨楼』に来てから、二人があんなぎこちなくなったの初めてだ」

「それ、本当？　若旦那にまで事情を話さなかったの？」

「うん」

「そんなの変だよ。疾《やま》しいこともないのに、何で隠すんだろう。佳雨さんが若旦那に秘密を持つなんて、僕、想像したこともなかったよ」

さすがに梓も絶句し、金魚どころではなくなったようだ。さっさと立ち上がると、きりりとまなじりを上げて希里を見返した。

「希里、おまえ佳雨さんが好き？」

「え……」

「初めは反発ばかりしていたようだけど、もし本気で佳雨さんを案じているなら、黙って見ていちゃダメだよ。僕が知る限り、今の佳雨さんは普通じゃない。若旦那のご機嫌を損じてまで英国人に会うなんて、絶対におかしいよ。そんなの本末転倒じゃないか。もともと、大門を出た後で若旦那のお役に立てるようにって、始めた勉強なんだから」

「そ、そうだよな。ダメだよな！」

「ダメだよ！」

珍しく意見が合い、二人は声を揃《そろ》えて鼓舞し合う。互いに相手へ思うところがあり、素直な気持ちで付き合うのは難しいが、事が佳雨の問題となれば話は別だ。どちらにとっても色街では唯一心を許せる人であり、生きていく上での指針を与えてくれる存在だった。

「俺、もう一度佳雨とちゃんと話す」

廓内ではあまり自由の利かない梓の分もと、希里は即座に決心する。

「前に何となくもやもやした時は、上手いことはぐらかされたんだ。でも、今度は違う。佳雨は何か隠してるし、若旦那とも変になってる。俺、そんなの嫌だから」

「希里……」

「ありがとな、梓。お礼に、一緒に金魚を選んでやる」

「え……ええ？」

そうくるか、と拍子抜けした梓に構わず、希里がしゃがんでたらいを覗《のぞ》き込んだ。気配で金魚屋の親父がようやく目を覚まし、顎《あご》が外れそうな欠伸《あくび》を漏らす。

「まったくもう……しょうがないなぁ」

毒気を抜かれて苦笑し、梓も再び隣に座り込んだ。

「旦那様は、お休み中ですよ」

呼び鈴を押して間もなく、年配の小柄な女性が出てきて無愛想に言い放った。彼女はデスモンドが雇っている家政婦のハナで、いつもは一日おきにやってきて一通りの家事と料理の作り置きをして帰っていくのだが、主人が倒れてからは契約を連日にしたようだ。

「そうですか。あの、少しだけ待たせていただくわけには……」

「あまり無理はさせるなと、お医者様から言われておりますし。もともと、英語の教師なんて無茶だったんですよ。本当なら、ずっと寝所《しんじょ》でお休みになってなきゃいけないお身体《からだ》なんですから。それでなくても、男花魁なんかを出入りさせるなんて外聞が悪いのに」

「……お加減はいかがでしょう」

この程度の嫌みなら、もう慣れっこになっている。さらっと流して更に尋ねると、ふてぶてしさに呆《あき》れたと言わんばかりの目つきを返された。

「昨日と同じですよ。色街のヤブが言うことですから、当てにはなりませんけどね。こんなところさっさと引き払って、大きな病院の偉いお医者様に診ていただけばいいのに」

「それじゃ、やっぱり出て行かれる予定はないんですか」

「ええ、生憎《あいにく》と。入院も勧められているんですけど、本人が聞く耳持ちゃしません」

余程色街が嫌いなのか、ハナはこれみよがしに溜め息をつく。彼女はデスモンドに料理の腕を買われて雇用され、もう五年以上は仕えていると聞いていたので、よもや主人が色街に屋敷を持つとは思っていなかったのだろう。

（まぁ、普通の女性が嫌悪を感じるのは仕方がない。ここは、殿方のための街だから）

佳雨は心の中で呟《つぶや》き、それではと持参の切り花を差し出した。義重に頼んで都合をつけてもらった、薄紅色の薔薇《ばら》の花だ。洋花はその辺の花屋では安易に手に入らないが、いつぞや雑談中にデスモンドが好きだと漏らしていたことがあった。

（デスモンド様の、というよりは……初恋の相手のお好みなんだけれど）

ふと、姉の横顔が脳裏に浮かんだ。

馴染みの客から贈られたと、彼女は禿の活けた薔薇を嬉しそうに眺めていた。世の中にはこんなに美しい花があるんだねぇ、と微笑《ほほえ》んだ紅い唇を今もよく覚えている。数多《あまた》の男を傅《かしず》かせていた色街の女王が、あの時ばかりははにかんだ少女のように見えた。

「ハナさん、何をしているんだい。お茶をもらえないかな」

薔薇の花束に面食らうハナの後ろから、デスモンドの声がした。佳雨はハッとして身じろぎ、このまま去るべきか留まるべきか判断に迷う。実は、この数日間ずっとハナに面会を阻《はば》まれて、直接顔を合わせられなかったのだ。

「おや、客人がいらしているのか？」

「あ、ええ、はい……そのう……」

もじもじと歯切れの悪い返事に、デスモンドは何事か察したらしい。すぐさま階段を駆け下りる音がして、佳雨が辞去する間もなく玄関までやってきた。

「ユキ！　やっと来てくれたんだね」

「デスモンド様、そんな走っては……」

「ああ、良かった。あんな話を最後に別れたきりだったから、とても心配していたんだ。先日は、みっともないところを見せて悪かったね。さぞ驚いただろう？　そうだ、ドクターから聞いたんだが、病院まで知らせに行ってくれたのは君の禿なんだってね。あの黒目の大きな、子リスのような子だ。彼にも礼を言わなくては……」

「そんな、いっぺんにお話しになったらお身体に障ります。どうか、寝室へお戻りになってくださいな。希里には、俺からよう く言っておきますから」

苦虫を嚙《か》み潰《つぶ》したようなハナを挟んで、デスモンドと佳雨は短く言葉を交わす。だが、さすがに主人の意向には逆らえないのか、彼女は渋々と佳雨を中へ招き入れた。久しぶりの対面にデスモンドは子どものように佳雨の手を取ったが、見舞いの薔薇を目にするや否や、端整な顔いっぱいに笑みを浮かべる。「ありがとう」と声を弾ませる様子は、はにかんだ姉の面影と少しだけだぶって見えた。

「お、どうしたよ、犬コロ。おまえ、いつ見ても走ってんなぁ」

無心に往来を駆けていた希里は、唐突にかけられた冷やかしにちらりと相手を見た。本当は立ち話の余裕などなかったが、こっちが無視してもどうせ絡んでくるに違いない。仕方ないなと諦《あきら》めると、渋々と足を止めて口を開いた。

「あんたは、いつ見てもふらふらしてんな。花魁ってのは、そんなにヒマなのかよ」

「ふん。あくせく働く花魁なんざ、興醒《きょうざ》めもいいところだろ」

憎まれ口を返して、腕を組んだ銀花《ぎんか》がニヤリと笑う。相変わらず日中は外を出歩いて、気儘《きまま》な息抜きを楽しんでいるようだ。彼の雇い主はいい顔をしないそうだが、稼いでいれば文句はないだろうと啖呵《たんか》を切り、実際に廓でも一、二を争う人気を誇っている。以前、希里も出会い茶屋で花魁姿の銀花を見たことがあったが、自信満々にうそぶくだけあって大輪の花のように艶《あで》やかだった。

「今日も、佳雨のお迎えか？　それにしちゃ、ちょいと時間が早すぎねぇか？」

「俺、梓と話して決めたんだ。あの英国人と佳雨を、もう会わせないって」

「は？」

「俺の言葉なんか、佳雨は聞かないかもしれない。でも、俺以外の誰もそんなこと口にできないだろ。せいぜい陰口がいいとこだ。本当は若旦那が言えば一番なんだろうけど、あの人には見栄もあるし、きっと言いたくたって言えないよ」

「おいおいおい……」

何の話だよ、と笑みを引きつらせ、腕を解いた銀花が近づいてくる。目指すデスモンドの屋敷は目と鼻の先だが、どうやら自分を引き止めるつもりらしい。警戒した希里は相手を睨《にら》みつけ、すぐにも逃げられるように身構えた。

「まぁまぁ、そう威嚇すんなって」

いくぶん口調を柔らかくして、銀花が右手を伸ばしてくる。気安く触らせまいと身を引くと、空を摑んだまま溜め息をつかれた。

「なぁ、俺は言ったよな？　おまえがヤキモキしたって始まらないって」

「……うん」

「だったら、佳雨のしたいようにさせちゃどうだよ。あの男は、てめぇで承知しない限り意志を曲げねぇぞ。たとえ可愛がっているおまえの言葉でも、動かすことは難しい」

「俺だって、佳雨がしたいことなら反対しない」

真っ直ぐ銀花を見つめ返し、希里はきっぱり言い返す。

「でも、違ったんだ。佳雨がやってるのは、姉さんの代わりだ。そんなの良くねぇよ。絶対に良くねぇよ！　もし佳雨が俺を嫌ったって、誰かが言ってやんなけりゃ！」

「おまえ……」

「最初から、ちょっと変だと思ってた。いつもの佳雨とは違うなって。けど、俺、上手くあいつに言えなくて。もやもやっとするんだって、そういう風にしか言えなくて。俺、学校もろくに行ってないし、全然ものを知らないし、だから……」

「もういい、もういいから、ちっと黙れ」

必死に紡いだ言葉を遮って、銀花が乱暴に頭を抱えて引き寄せた。突然のことに拒むのも忘れ、希里はそのまま彼に身を預ける。頭上で忌々《いまいま》しげな舌打ちが聞こえ、やけくそのようにまくしたてられた。

「……ったく、おまえにはお手上げだよ。ああもう、好きにすりゃいいじゃねぇか。くそ、何だって俺がこんなこと言ってんだ。おまえらが揉めようが、佳雨が問題起こそうが、そんなの全然どうでもいいのによ。ほんと、いい迷惑なんだよ。くそガキ。このくそガキ！」

「そ、そんな言い方しなくたって……」

「黙ってろって言ったろうが！」

きつく怒鳴り返されて、柄にもなくシュンとなる。何だか、田舎《いなか》で兄にでも叱《しか》られているようだった。普段は思い出さない家族の顔が、希里の脳裏を懐かしく過《よぎ》っていく。

「ま、決めたもんはしょうがねぇな。佳雨が出てくるまで、付き合ってやるよ」

「え？」

「その英国人は病気なんだろ。この間、騒ぎがあったばかりだって聞いたぜ。いくら何だって、病人の前で出していい話題とは思えねぇ。それくらいは、ちゃんとわきまえろ」

「……うん」

おとなしく頷くと、ポンと軽く背中を叩《たた》かれた。銀花はいつもの顔で陽気に身を翻し、路地の死角へ希里を引っ張っていく。いくぶん頭が冷えたせいか、心強い助っ人の登場はこの上なく頼もしく思えた。

「あの……ありがと……な……」

「よく聞こえねぇなぁ」

「…………」

「ありがとな！」

照れを隠して、大声で礼を言う。けじめってやつだ。

銀花は肩越しに振り返ると、「おう」と答えてニヤリと笑った。

初めて足を踏み入れた寝室は、想像よりずっと質素で物のない空間だった。

絨毯《じゅうたん》の上に置かれたベッドこそ物珍しかったが、それ以外は書き物机に一人掛けの椅子《いす》、窓際に小さな簞笥《たんす》が置かれているだけだ。ただ、その上には所狭しと写真立てが並べられており、佳雨は吸い寄せられるようにそちらへ視線を留めた。

「家族や友人たちだよ。あと、私の子ども時代のも」

ハナにきつく言われてベッドへ戻ったものの、そわそわと落ち着きがないのは変わらない。少し自慢げな声が微笑ましく、佳雨はその中の一つにそっと指先で触れた。

「デスモンド様、ご家族は確か……」

「ああ、両親は船事故でね。旅行の最中に、そのまま亡くなったよ。父の弟が百貨店の経営を継いでいるが、私は遺産分与だけしてもらい、ご覧の通り異国で放蕩三昧《ほうとうざんまい》だ。縁談があるからと帰国の催促を再三無視していたら、とうとう縁を切られてしまった。だから、私はこの地で眠ることになるだろうね」

「そんな、お気の弱いことを仰ってはいけません」

「おや、医者に聞いてないのかい？　私の心臓には欠陥があってね、もともと寿命はそんなに長くはないんだ。若い頃は自棄《やけ》を起こして遊んだりもしたが、ここ数年はそんな無茶もできなくなってしまったよ。でも、おとなしくしていたお蔭《かげ》でユキと出会えたんだから、これはこれで満足だ。鍋島には感謝している。ええと、何て言うんだったかな……そう、とても良いはなむけだよ。私はそう思っている」

「………」

どうしよう、何て答えたらいいのか見当もつかない。

佳雨はゆっくりと手を引っ込めると、静かにデスモンドを振り返った。木綿で縫われた浴衣《ゆかた》は異人の彼が着ると少々奇異に映ったが、それなら自分だって同じようなものだ。どちらも、収まりの悪い世界で居場所を守っている。

（そうか……やっとわかった……）

ああ、と答えが胸に落ちてくる。

デスモンドに奇妙な共感を抱《いだ》いたのは、何も姉のことだけではなかった。彼の中に、佳雨は自分を重ねて見ていたのだ。

初恋の相手を胸に抱き、たった一人で恋と心中する。

存在自体が異端の街で、誰かを想う心だけをよすがにして。

（でも……それじゃあ、まるで……）

不意に、不安が佳雨を襲った。たった一人で、とはどういうことだ。

（いいや、違う。俺には若旦那という大事なお方がいる。俺は、あの人と一緒に生きると決めて、だからこそ胸を張って生きようと……）

何のためらいもなく生まれた言葉に、空恐ろしい気持ちになった。

もし、あれが己の本心なんだとしたら、久弥と添い遂げるという誓いを自分は信じていないことになる。堪《こら》えて堪えて、ようやく手にした約束なのに、どうせ上手くいきはしないと儚《はかな》む別の自分がいるのだ。

「ユキ、どうした？　ハナが、お茶を運んでくれたよ」

「あ……」

「彼女特製の、さつま芋《いも》のパイもある。さあ、食べてごらん。これは絶品だよ」

「…………」

とうにハナの姿はなかったが、用意されたテーブルには湯気をたてた紅茶と皿に盛られた菓子が並んでいた。以前と何一つ変わらない光景にちくりと胸が痛んだが、優しかった時間はもう戻ってはこない。佳雨は震える心を押し隠し、意を決してベッドへ近づいた。

「デスモンド様、どうか色街をお出になってください」

「ユキ……」

真剣な面持ちで訴えるなり、デスモンドの顔からみるみる笑みが消えていく。それでも、怯《ひる》むわけにはいかなかった。彼には、もっと生きてもらいたかった。

「そうして、大きな病院で診てもらってください。寿命なんて仰らず、もうちょっと生きてみようと思ってはいただけませんか。俺は、貴方《あなた》のそんな姿が見たくて通ってきていたわけではないんです。そんな……何もかもを諦めきったような」

「諦めてなどいないよ、ユキ」

澄んだ瞳で、即答された。

息を呑む佳雨を、ベッドに横たわったデスモンドが熱く見つめている。筋の浮いた腕が布団からそろそろと伸ばされ、桜色の着物の袂《たもと》を軽く摑んだ。

「私は、諦めてなどいないよ。まだ、ユキの返事を待っている」

「それは……この前もお話ししたように……」

「私が生きられるのは、長くて一年か二年が良いところだ。その間、どうか一緒に暮らしてほしい。私が死んだ後、君がどこへ行って誰と生きようがそれは自由だ。私は、死ぬまでの時間、君を買いたい。恋人にならなくてもいいんだ。ただ、側にいてくれるだけでいい。せめて、少しの間だけ夢を見させてくれないか」

「デスモンド……様……」

「最初で最後のお願いだ。ユキ、私の側にいてほしい」

焼かれるような眼差しに、佳雨は劫火《ごうか》の音を聞いた。

因果の紡ぐ恋情に気圧《けお》され、その腕を振り払うこともできない。

「俺は……」

かろうじて動かす唇が、乾いて醜く引き攣《つ》れた。痛みを耐えて息を整え、何か言わなくてはと焦りが募る。ここではっきり拒まなかったら、後悔するのは目に見えていた。

「俺は……――」

自分が何を言い出すのかわからないまま、佳雨はおずおずと口を開いた。

『つばき』の主人、椿清太郎《つばきせいたろう》から赤楽の茶碗の鑑定を頼まれて以来、久弥は何かと口実を設けては彼の元を訪れていた。一つは茶碗を譲ってもらうため、もう一つは清太郎の後妻である雪紅こと登志子の病状を探るためだ。

しかし、どういうわけか鑑定以降の清太郎は人が変わったように愛想を無くし、店の奥へ引っ込んだまま出てこなくなってしまった。いくら取り次いでほしいと奉公人へ頼んでも、旦那様は忙しいの一点張りでまったく埒《らち》が明かない。今日もまた振られて、不甲斐《ふがい》なく帰途についたところだった。

「こうなると、九条《くじょう》の方から令状を取ってもらうしかないのかな……」

最後の手段になるが、とつい溜め息が出る。

せんじ薬を飲ませてうんぬんは、正直眉唾《まゆつば》ものだと思っている。けれど、久弥が警察を介入させるのに今一つ消極的なのは、そんな胡散臭《うさんくさ》い話でも当人たちは必死だと知っているからだった。雪紅の容態がどの程度かはわからないが、治ると言われれば何でも縋りたくなるのが人情だ。まして、絶世の美女と謳われた妻なのだから思い入れは強いだろう。

「確か、請け代に四千円ほど払ったんだったな。まったく大したお大尽様だ」

雪紅の借金を綺麗《きれい》にしたばかりでなく、清太郎は当時廓で下働きをしていた弟の佳雨まで一緒に引き取る算段だったという。何故なら、それが身請けの条件だったからだ。

花魁を請け出すのは、よくある話だ。しかし、その多くは愛人にして囲う腹であり、清太郎のように正式な妻にするのは珍しかった。まして、格式のある老舗《しにせ》の大店《おおだな》となれば周囲の反発も凄《すご》かっただろう。それを押し切った情熱を鑑《かんが》みれば、妻の病状を左右するかもしれない茶碗を簡単には手放すはずがなかった。

『被害者遺族には、それとなく探りを入れてみたんだが……どうも、先方も茶碗だけは持て余していたような口ぶりだな。殺された主人は茶碗を入手して以来、人が違ったように偏屈になってしまったらしい。日がな一日眺めては、ブツブツ話しかけていたとさ』

『やはり、入手経路は不明なままなのか』

『ああ。奥方も興味がなかったのと呆れていたのとで、そのことについてはあんまり話さなかったようだ。次第に夫婦仲もしっくりいかなくなり、ずいぶん喧嘩《けんか》も増えていた……と、こっちは三峰《みつみね》家のばあやさんから聞き出した話だ。まぁ、〝第一発見者を疑え〟は捜査の鉄則だし、被害者遺族であると同時に奥方の三峰絹子《きぬこ》は容疑者でもあるんだよ』

『おい、滅多《めった》なことを……』

『万が一、絹子と林東秀に繋《つな》がりが出てきたら、重要参考人として連れていかれるだろう。足りないのは、動機だけだからな』

骨董の不吉な曰《いわ》くを裏付けするような、九条の報告が耳に蘇《よみがえ》る。

警察は茶碗の現物がなくても情報さえ整えば、犯人――すなわち売り飛ばした人間の足取りを追うことはできるので、何が何でも茶碗を押収せねば、という切迫感には欠けている。被害者遺族が返還を求めれば別だろうが、九条の話しぶりだと執着はしていなさそうだ。そんなわけで『つばき』の主人が手放すように仕向けられれば、遺族からは楽に買い戻せると太鼓判を押してもらっていた。

「ま、そう簡単な話じゃないと思っていたさ」

色街を目指して往来を進みながら、久弥は落胆する気持ちを立て直す。どのみち盗まれた骨董が絡んでいる以上、容易《たやす》く取り戻せるとは思っていなかった。ただ、今回は雪紅が関係しているのが、嫌な感じに心をざわつかせる。

「互いを思いやる余り、すれ違ってしまった美貌《びぼう》の姉弟か。何とか雪紅の近況だけでも、掴めるといいんだが。まったく、佳雨はすぐやせ我慢をするから厄介だ」

昨夜の座敷から気まずくなったままなので、つい毒づく言葉もきつくなる。

一週間ほど前、デスモンドが持病の悪化で倒れたことは噂で知っていた。その際、佳雨が看病に付き添っていたことも。巷《ちまた》では『翠雨楼』の男花魁はいよいよ金持ちの英国人に乗り換える気だともっぱらで、廓内で久弥へ向けられる目線にもあからさまに居心地の悪いものが混じり出していた。

だが、久弥はそこを責めるつもりは毛頭ない。

ただし、面白くないのは人情だった。せめて佳雨の態度が普段と変わらなければ胸に収めておけたのに、どうにも彼の様子も煮え切らない。久弥への申し訳なさと、思ったよりデスモンドの病状が深刻だったのとで、自身が混乱しているせいだ。その不用意さも、これまでのぶれない姿勢からは窺《うかが》えなかったものだった。

「結局は、俺のつまらない意地なんだろうなぁ」

デスモンドの元へ通っている、と聞いた時から、多少の危惧《きぐ》はしていたのだ。真意を測りかねて拗ねた振りをしてみせた時、もう少し真面目《まじめ》に詰め寄っていれば、と後悔してももう遅い。男花魁を恋人にしている以上、嫉妬は上手く出さねばとおかしな計算などしたばかりにこのザマだ。恋の駆け引きなら楽しめるが、理屈が先行しては元も子もない。

もしかしなくても、自分は試されていたんだろうか、と久弥は初めて気がついた。

あの男――鍋島義重に。

『デスモンド・セシル……まさか、本気なんですか、鍋島様』

まだ桜が満開の頃、商談を兼ねた夜会で義重と遭遇した久弥は、耳を疑うような話を聞かされた。認めるのは不本意だったが、多分顔色も変わっていたはずだ。

宴席から離れたバルコニーで、それほどに義重の話は深い動揺を与えていた。

『それは……貴方も酷なことをなさる。英語の教師なら、他にいくらでも適任がいるでしょう。何も、わざわざ雪紅花魁の馴染みを紹介することは……』

『おや、若い割によく知っているね。デスモンドが雪紅と浮名を流した頃、まだ君は留学先から帰って来たばかりだったろう。さすがは〝地獄耳の百目鬼堂〟だ』

『おかしな二つ名を付けないでください』

早速揶揄《やゆ》されて、久弥は不快げに眉間《みけん》へ皺《しわ》を刻む。

『色街に出入りしていれば、誰でも雪紅花魁の噂は耳にしますよ。その美貌、権勢、女王のような振る舞い――まぁ、尾ひれがだいぶ付いているとは思いますがね。けれど、デスモンド氏は実在する。彼のような英国紳士は、色街で大層目立ったに違いありません。下働きをしていた佳雨……いや、雪哉《ゆきや》少年が見世《みせ》で一度も遭遇しなかったはずがない。まして、佳雨は雪紅によく似ている。そんな二人をどうして今更……』

『心配かね？』

抑えた好奇心を覗かせて、義重は葡萄《ぶどう》酒のグラスに口をつける。

相変わらず、嫌みなほど優雅な男だった。目線から指先の流れまで、上流階級の申し子と呼んでも差し支えのない完璧《かんぺき》さだ。

『だが、それこそ今更じゃないか。佳雨の馴染みには、雪紅のかつての上得意も多くいる。何と言っても、突き出しの際は彼女の弟というのを売りにしていたんだからね。デスモンドも、その内の一人というだけの話だとは思わないのかな？』

『彼は別です。遊びではなかった。その他大勢の客とは、心持ちがまるきり違う』

『ほう、よく知っているね』

知っているも何も、と惚《とぼ》ける義重に胸の中で言い返す。

当時、デスモンドが雪紅の身請けを知って絶望し、倍額出すから譲ってくれと『翠雨楼』の楼主、嘉一郎《かいちろう》へ迫った話は、雪紅の逸話の一つとして語られているからだ。相手がデスモンドだというのは伏せられているが、異国人まで虜《とりこ》にするというのが話のミソなので、色街の内情に通じている人間なら容易に察せられる。

『しかし、佳雨は進んで承知したぞ』

『え……』

『まったく躊躇しなかった。あの聡《さと》い子がデスモンドを忘れてしまったとは考え難いし、何もかも含んだ上で決めたのだろう。過去の因縁なぞおくびにも出さず、まるきり初対面の顔で挨拶をしていたよ。あの時ばかりは、私も少々驚いたね。あれの考えていることが読めなかったのは、初めてだったからな』

『……どうして』

あまりに呑気な感想に、いけないと思いつつ憤りを隠せない。不快感はかろうじて声音に滲《にじ》ませるに留め、久弥はきつく義重を見据えた。

『どうして、わざわざ波風を立たせるような真似《まね》をなさるんです。デスモンド氏は、雪紅花魁を愛した男ですよ？　彼女が色街を去った後も、忘れ難くて屋敷まで建てて移り住んでいる。今や、雪紅という女は色街にしか存在しない幻ですからね。そんな男が佳雨を見たら、心を動かされない保証はない。それなのに、どうして貴方は……』

『おやおや、勘違いしてはいけないよ』

『勘違い？　何がです？』

『これは、あくまで佳雨が決めたことだ。私は橋渡しをしたに過ぎないんだよ。あの子が何を考えているのかは知らないが、我々は成り行きを見守るしかないじゃないか』

『貴方は……それで良いんですか？』

それでも納得しかねる久弥は、更に義重へ切り込んだ。だが、言ったそばから愚問ではないかと自嘲《じちょう》する。もともと、彼と自分では佳雨に対する愛が違う。義重は、佳雨の美しさが磨かれるなら何でも楽しみに変えることができる。彼にとって他者とは、愛《め》でるかそうでないかの二択なのだ。

（それにしたって……今回ばかりは悪趣味だ）

自分も人のことを言えた義理ではないが、と苦々しい回想を終えて久弥は呟く。それにも増して不可解なのは、佳雨の心情だった。この溝を埋めないうちは、真に彼を理解したことにはならないのかもしれない。いや、そもそも人を完全に理解するなんて思うこと自体、傲《ごう》慢《まん》な発想なんだろう。

（佳雨……——）

生涯の伴侶《はんりょ》、と先日彼へ伝えた。その想いは、この先もずっと変わらない。けれど、手に入れたと思ったのは単なる自惚《うぬぼ》れだったのだろうか。身体は言うに及ばず、心まで余すところなく独占したいのに、佳雨にはまだ届いていない気がする。

まいった、と嘆息した。

最初は間違いなく追われていたのに、今では完全に逆転だ。佳雨から寄せられるいじらしい想いに応《こた》えていいものかどうか迷っていた、短くも贅沢《ぜいたく》な時期は終わってしまった。

追いかけなくては——改めて、そう思う。

佳雨を雪紅の呪縛《じゅばく》から解き放つ、それが自分の役目なのだから。

「ユキ、答えてくれないか。私の最期の願いを、叶《かな》えてはもらえないだろうか」

横たわるデスモンドが、願いを込めて見つめてくる。幼い頃に絵物語で読んだのと同じ、青くて深い泉に魅せられたまま、佳雨は身じろぎもできずにいた。

「君は知っていたんだろう？　私が雪紅に恋していたと。始めから承知でいたんだね？」

「……はい」

頷いて、覚悟を決める。

目の前の人は、間もなく逝くのだ。

だからこそ、真摯《しんし》に一片の偽りもない言葉だけを紡がなくてはならない。

「デスモンド様……この世には、優しい嘘《うそ》というものもあります」

「ユキ……？」

突然何を言い出すのだろうと、デスモンドが訝《いぶか》しげに目を細めた。佳雨は柔らかな眼差しを彼に向け、けれど声音だけは凛と涼やかに保った。

「でも、どうかわかってください。嘘は、どこまでいっても嘘なんです。どれほど居心地が好《よ》く、安らかな温《ぬく》もりに満ちていても、いずれは醒める幻です」

「…………」

「貴方が望まれるように俺がお側にいたとして、それで慰められるのはほんの一時のことなんです。だって、俺は姉さんじゃない。雪紅花魁は、もうこの世のどこにもいません」

「やめてくれ……」

「きっと、時間がたつにつれてデスモンド様は思います。どうして、ここに本物の雪紅がいないんだろう、と。愛した女性の現身《うつしみ》は、身代わりとは比べ物にならないのだと。俺と共に過ごす時間が重なるほど、嘘は貴方のお心を冷やすでしょう」

「やめ……」

「――デスモンド様」

袂を摑む彼の右手を、佳雨はそっと両手で包み込んだ。冷えた手のひらに想いを移すように、そのまましばらく無言で握り締める。

優しい嘘と残酷な真実。どちらを選んでも悔いは残る。

ならば、己がより傷つく方を選択しよう。せめて、それくらいしなくては紳士の恋に見合わない。たとえ憎まれる結果になっても、強い感情は彼の生きる指針になる。生きて、幸福になって、自分たち姉弟を見返してやると思ってくれた方がいい。

「申し訳ありません。俺は、心に決めた方がいます。貴方と一緒には暮らせません」

「ユキ……」

「貴方とお会いしたのは、俺の驕慢《きょうまん》でした。何遍お詫《わ》びしたって償えません。俺は、自分の負い目を軽くしたいばっかりに鍋島様の誘いに乗ってしまった。浅慮で愚かでした」

「負い目……？　何の話をしているんだ……？」

「雪紅花魁が身請けを決めたのは、俺のためだからです」

びく、とデスモンドの右手が強張《こわば》った。

佳雨は深く息を漏らし、彼の手を包んだままゆっくりと床に両膝を突く。そうして目線を揃えてから、困惑するデスモンドへ悲しく微笑みかけた。

「本当です。姉さんは、俺を色街から自由にしようとしてくれました。大店の後妻に収まれば、俺を上の学校へも行かせてやれる……そう言ってくれました」

「君の……ため……」

「でも、俺はそれを受け入れられなかった」

たった数年前のことなのに、まるで百年も過ぎてしまった気がする。

佳雨の瞳には、いつしか忘れ難い日の記憶が蘇っていた。

「俺は、両親の顔を知りません。生まれてすぐ実の親は亡くなって、姉と二人で親戚の家で育ちました。でも、すぐに厄介者扱いされるようになって、五歳の時に姉と一緒に色街へ売られたんです。姉は美しい娘でしたから、それは高値がついたそうですよ。俺はオマケで、姉の庇護《ひご》の下で下働きをしながら学校へも行かせてもらいました。読み書きができるのは、そのお蔭です。姉がいなかったら、とっくにどこぞで野たれ死んでいました」

「………」

「俺には将来の夢も、希望も、何もなかった。廓育ちですからね、嫌って言うほど人の業も現実の厳しさも見てきました。だから、姉が……姉の幸福だけが俺の願いでした」

この世でたった二人きりの姉弟。

誰より幸せでいてほしい、生まれてきて良かったと笑ってほしい。

姉が男に抱かれた金で生きている事実が、殊更その願いを後押しした。有難いと感謝をする一方で、自分さえいなければ、と見えない足枷《あしかせ》になっている事実が情けなかった。

「姉の身請け話が決まって、俺を嫁ぎ先へ連れて行くんだと言われた時、密《ひそ》かに心は決まりました。色街では女王でいられても、世間ではそうはいきません。老舗の大店の後妻さんは花魁上がりだよと、冷たい目で見る方々も多いでしょう。まして、同じ色街育ちの俺がコブのようにくっついていては、ますます肩身が狭くなります」

「ユキ……」

「もし、落籍された姉が囲われ者になっていたら、あるいは違っていたかもしれません。旦那様が通わない日は、俺が守ってやろうと逆に張り切っていたと思います。でも、『つばき』のご主人は姉を正式な妻に娶《めと》ると言ってくださった。それなら、俺はもう姉から離れなくてはいけません。これ以上、お荷物にはなりたくなかった」

ちょうど、そんなことをつらつらと考えていた頃、幼馴染みの初音《はつね》という遊女が胸の病にかかっていることを知った。誰にも言わないで、自分が働かないと家族が飢え死ぬ、と涙ながらに訴えられて、ようやく佳雨は自分が誰かの役に立てる時が来たと思った。

「デスモンド様もご存知のように、姉は激しい気性の持ち主です。普通に理屈を並べたところで、聞く耳なんざ持つわけがありません。幼馴染みの借金を肩代わりする、なんて理由は、彼女に……いえ、色街で生きる者にとっちゃ寝言みたいなもんです。だからこそ、俺は我を張りました。何が何でも、愛想を尽かされなきゃならなかった」

「それで……男花魁になったと……」

「それだけじゃありませんけどね。ええ、見るのと堕ちるのじゃ大違い、自分の身で思い知るまで、姉の本当の地獄はわからなかったと思います」

「つまり、君は辛いんだろう？　後悔しているんだろう、今の自分を。だったら素直に私の好意を受けてくれないか。君が幸せになることもまた、雪紅の願いだとは思わないのか？」

「ああ、痛いところを突かれました」

くすりと弱々しく笑んで、佳雨は珍しく本音を吐いた。

「男花魁になる、と楼主のお父さんに申し出た時、言われたんですよ。今に、何百何千とその言葉を後悔する夜がくるってね。ええ、やせ我慢はよしましょう。辛くないと言えば、嘘になります。いくら周りからチヤホヤされようが、所詮《しょせん》は盛りの短い仇花《あだばな》ですからね。女のように着飾って偉そうに客の選り好みなんかしていますが、褥《しとね》に入れば組み敷かれ、支配されるのはこっちです」

「それなら……」

「でも、一番辛いのは恋しい人ができてからでした」

久弥の面影を追いながら、恥ずかしそうに白状する。デスモンドの前で話すのは酷かもしれないが、彼には嘘をつかないと決めたのだ。包み隠さず全てを曝《さら》け出し、かける恥ならいくらだってかいて構わなかった。

「それまでの俺は、恋なんてもの信じちゃいませんでした。ただ、身体を張って俺を育てた姉を可哀想《かわいそう》な存在にしたくなくて、花魁だって誇りがあるんだと突っ張るばかりで。怖《こわ》い物知らずでいられたのは、心に誰も住まわせちゃいなかったせいです」

「『百目鬼堂』の……若者か……」

「はい。今の俺が〝命に代えても〟と思う、唯《ただ》一人のお方です」

こくりと頷《うなず》き、真っ直ぐデスモンドの瞳を見つめる。

「他の旦那に身を任せる時は、気持ちを殺して演じなきゃなりません。若旦那への申し訳なさ、自分が選んだ道だろうと嘲《あざけ》る声、いろんなものが押し寄せます。汚れきったこの身で、どの面さげて会えばいいのかと、毎度性懲りもなく考えます」

「…………」

「だからこそ、他の方に自由を買っていただくわけにはまいりません。俺は、自分の力で俺を買います。これが、姉を傷つけてまで飛び込んだ苦界の対価ですから」

きっぱりと言い切った時、もう欠片《かけら》も迷いは残っていなかった。

泡沫《うたかた》の夢を見る時間は終わり、佳雨はユキという名前を再び忘れる。もうこの屋敷を訪ねることはないだろうし、自分を「ユキ」と呼ぶ人も現れないだろう。

「先ほども申し上げた通り、姉は俺のために身請けを決心しました」

「……ああ」

「極論を言えば、俺がデスモンド様の恋を終わらせたようなものです。貴方は、決して姉を請け出す財がなかったわけじゃない。ただ、ほんの少し切り出すきっかけを見失っていただけです。ですが、僅かな遅れで姉との仲が引き裂かれる結果となってしまった」

「………」

「おまけに、肝心の弟は姉の思いを無にして男花魁なんぞに成り下がっている。さっきからあれこれ理屈を捏《こ》ねましたが、真実はそれだけです」

そうして、言葉には出さずに先を続けた。

姉を自分から解放してあげよう、そう決心を固めた時、何も男花魁になるだけが手段ではなかった。金を稼ぐ方法なら、他にいくらでもある。自らを色街へ縛り付けることなく、世間に後ろ指を指されることもない、そんな仕事だって探せたはずだ。

けれど、それでは雪紅が絶対に納得しないのもわかっていた。

愛想を尽かし、姉弟の縁を切るとまで言わせて、初めて彼女は一人の女として生きる道を選ぶ。後は大店の奥様として、ぬくぬくと贅沢に可愛がられて暮らせばいい。

（それに……俺は、姉と同じ光景を見たかった。彼女が毅然《きぜん》と咲いていられた、その理由を

自分の身体で知りたかった。この街には、人の営みには、一体何があるんだろうって）

まだ恋を知らず、真《まこと》を捧げる相手のいなかった頃の話だ。

誰に汚されようが、傷つくのは自分一人だと思い込んでいた。その幼さが懐かしかった。

「デスモンド様、長々と自分語りをしてしまいました。許してください」

佳雨は、両手に包んだデスモンドの手を額《ひたい》に当て、静かに目を閉じた。

「貴方の初恋を、摘《つ》み取ったのは俺です。傲慢《ごうまん》で独《ひと》り善《よ》がりな子どもが、貴方の悲しい瞳を作ったんです。俺は、その償いを少しでもしたくて通ってきていました。何か、貴方の気が紛れるお手伝いができればと。それに、貴方の話を聞くのは楽しかった。ユキと呼ばれて、しばし浮世を忘れられました。一人の人間に戻れる気がした」

「ユキ……」

「それなのに、一緒にいられず本当に申し訳ありません。貴方が一日でも長く、一秒でも多く笑っていてくださるよう、俺はずっとお祈りしています」

「待て……待ってくれ！」

「ありがとうございました」

すっと手を離し、ゆっくりと瞳を開く。

狼狽《うろた》えたデスモンドが身を起こしかけたが、茶器を下げにきたハナがすっ飛んできて無理やりベッドへ押し戻した。冗談じゃありません、お帰り下さい、と怒鳴られて、佳雨は急いで立ち上がる。もとより、もう留まっている気はなかった。

「ユキ！」

「失礼します」

短く会釈をし、デスモンドを顧みずに部屋を後にする。できるだけ素っ気なく、あんな薄情な男だったとは、と幻滅してくれるよう祈りながら。一時の悲しみが体調に障らないかと案じる気持ちは、無理やりに捻《ね》じ伏せた。

「――あ」

早足で階段を降りた時、玄関の呼び鈴が鳴った。

往診だろうか、と思わず足を止めたが、ハナが降りてくる気配はない。構うものかと扉を開け、佳雨はそのまま出て行こうとした――が。

「おっと」

「す、すみません。そんな間近に立っていらっしゃるとは……」

危うく客人とぶつかりそうになり、狼狽して顔を上げる。背の高い人だな、と思ったのも束の間、それきり頭が真っ白になった。目の前に立つ人物が、こちらの動揺をよそに人懐こい笑みを浮かべる。

「良かった、行き違いになるところだった」

「わ……かだんな……」

「そんな、幽霊でも見たような顔をしないでくれないか。傷つくだろう」

「ど……どうして……」

衝撃が先に立って、上手く声が出なかった。動悸がどんどん激しくなり、少しも思考がまとまらない。よりによって、デスモンドの屋敷で久弥と対面するとは夢にも思わなかった。

「……とりあえず帰ろうか」

久弥が、そっと右手を差し出してきた。そうだ、他人の家の玄関先をいつまでも占領しているわけにはいかない。けれど、今しがた冷たく突き放してきた相手を思うと罪悪感に胸が疼き、その手を取るのも躊躇してしまう。そんな気持ちを読み取ったのか、佳雨と指先が触れるなり久弥がぎゅっと握り締めてきた。

「あの……あの、若旦那……」

「行くぞ」

有無を言わさぬ言葉が、弱った心を叱咤《しった》する。

佳雨は黙って頷くと、彼に引かれるままデスモンドの屋敷を後にした。


「……若旦那」

しばらく歩いたところで、ようやく勇気を振り絞る。どうして久弥が、と思う半面、いよいよ来たか、という気持ちもあった。このひと月余りの間、燻《くすぶ》り続けていた感情はきっと彼を悩ませたに違いない。全ては自分の甘さが招いた結果であり、どのような罰でも甘んじて受ける覚悟はできていた。

「若旦那、あの……」

「——佳雨」

足を止めて振り返る顔は、想像通りの厳しさだ。取りつく島のない眼差しに、きっとお叱りを受けるのだと佳雨は唇を引き結んだ。しかし、直後にきつく抱き締められ、驚きと動揺がいっぺんに襲ってくる。

「若旦那、あの、いけません、あの……」

「構うものか。人目など気にするな」

「あ、いえ……でも……」

どうしよう。いくら色街とはいえ、往来で男同士の抱擁《ほうよう》など良い見世物だ。もとから色物な自分は構わないが、久弥に恥はかかせたくない。幸い大通りから一本外れているので人気はさほど多くはないが、まるきり無人なわけではないのだ。

そんなあれこれを抱えて狼狽《ろうばい》する佳雨とは対照的に、久弥の腕はますます強くなった。まるで、ここで手を離したら永遠に失うとでも思い込んでいるようだ。

「若旦那……」

ああ、弱いなあ。

ほう、と溜め息で心を濡らし、佳雨はしんみりと呟いた。

普段は粋がっているくせに、本当の自分は何て脆くて弱い生き物なのだろう。人肌の優しさなんて欠片も信じていなかったのに、今は抱擁一つではらはらと意地が解《ほど》けていく。

「若旦那、俺は人でなしです」

独り言のように、ちいさく弱音を吐いた。

久弥が、囁くような声で「そうか」と答える。

「短い命に寄り添うこともできず、優しいお方を傷つけました。真摯な願いに応えるより、あんたを取ってしまいました。他人様に夢を見せるのが商売なのに、一人でさっさと舞台を降りてしまったんです。俺は……」

「佳雨……」

もう認めてしまおう。

潔くも美しくもない、仇花の業にまみれた欲望を。

佳雨は手のひらで久弥の頬《ほお》を包み、ずっと禁じていた言葉を口にした。

「あんた以外の人は嫌なんです」

「………」

「優しくされるのも、触られるのも、あんた以外にはされたくない」

久弥の瞳が、はっと見開かれる。

それは、初めて見る痛ましげな色だった。

「でも、そんなことを考える自分はもっと嫌だ」

ほろり、と涙が一筋零れ落ちる。

たった一粒だけを自分に許し、佳雨は気丈に微笑んだ。

きっと、今の言葉は久弥の胸に同情を植え付けただろう。何よりも佳雨が嫌い、疎んじてきた感情だ。可哀想にと言われるくらいなら、死んだ方がマシだと思って生きてきた。

それなのに、どうしても耐えられなかった。

愛しい人に甘えて、泣き言をぶつけてしまいたくなった。

「すみません、若旦那」

静かに彼の腕を拒み、佳雨は身を引こうとする。だが、久弥は許してくれなかった。怒りすら感じる力強さで、再び乱暴に抱き寄せられる。

「あ……の……」

「どうして謝る!」

「え……」

責める言葉は、予想外のものだった。こんなに感情的な久弥を見るのも初めてだ。面食らうを佳雨をよそに、彼は思いの丈をまくしたてる。

「確かに、今回のおまえは愚かだった。俺はひどく悩まされたし、嫉妬の行き場がなくて苦しかったよ。だが、それもまたおまえの真実だと思って堪えたんだ。理屈に適《かな》わない思いに翻弄《ほんろう》されるのは、おまえが弱いからじゃない。面倒な性分だとは思うが、俺は愛《いと》おしい。利口に振る舞う不実な恋人なんか、最初から望んじゃいないんだ」

「若……旦那……」

「頼むから、もっと愚かな奴でいてくれ。せめて素の間だけは」

「……はい……」

震える声音を苦労して抑え、佳雨は己の間違いを知った。同情したのではない、久弥は一緒に傷ついてくれたのだ。おまえが他の男に抱かれている間は、俺も心を殺している――そう言ってくれたのと同じように、佳雨の本音を受け止めてくれた。あれは、そういう眼差しだったのだ。

「久弥様……」

過分な恋だと思った。どんな奇跡をもってしても、この瞬間の胸の熱さは超えられない。そう思ったら、自然と唇が動いていた。抱えている憂いを、全て吐き出してしまいたい。考えるよりも先に、佳雨の心がそう訴えていた。

「久弥様、俺は……ずっと黙っていたことがあるんです」

「雪紅のことだろう?」

「はい」

抉《えぐ》られるような痛みを堪え、気を強くもって先を続けた。

「姉さんは、子どもが産めないんです」

「え……」

「俺のために早くから客を取って、出世して花魁になるまで働いて働いて。女の身体に無理を強《し》いれば、そりゃあ病気にもなりますよ。『つばき』のご主人は、そういう事情も全部呑み込んで後添《のちぞ》えにしてくださったんです。大事にするからと、俺に約束してくれて。だけど、跡取りの産めない廓上がりの後妻が、どんな目で見られるか想像できるでしょう？　俺までくっついていくわけには、いかないじゃないですか」

だからこそ、姉と同じ境遇に身を置かずにはいられなかった。まさか、そこで久弥と出会い、一生分の幸福を得るとは思わなかった。

「俺は卑怯《ひきょう》者だ……狡《ずる》い男なんです。デスモンド様の初恋を滅茶苦茶《めちゃくちゃ》にして、余生を一緒にと請われても承知できなかった。若旦那、どうしよう。俺は、どうしたって誰にも何も償えない。こうしてあんたに打ち明けて、早く楽になろうとしているんです。俺は……」

「佳雨！」

「俺は、卑怯者だ……」

顔を歪めて吐き出すなり、ずるずると道端に膝を突く。周囲の目など、もう意識の外だった。意地と見栄だけを頼りに生きてきたが、一番の傷を晒《さら》したことが佳雨の気概を壊しにかかる。全てを曝け出そうと覚悟を決めたつもりでも、やはりまだ時期尚早だったのだ。

「佳雨……」

後悔と罪悪感に押し潰されそうな佳雨へ、優しく言い含めるように声がかけられた。

「佳雨、おまえは思い違いをしているよ」

「思い違い……」

久弥が正面にしゃがみ込み、ああ、と力強く頷く。

自己憐憫《れんびん》では泣くまいと堪える瞳に、愛しさを詰め込んだ微笑が映った。

「雪紅は、おまえの犠牲になったわけじゃない。そんなの、同じ花魁のおまえが一番わかっているはずじゃないか。おまえは、姉を理解したくて苦界に身を投じたんだろう?」

「若旦那……でも……」

「幼い弟を養うことが、彼女の意地であり誇りだったんだ。雪紅がいつも凛と涼やかでいられたのは、誰のためだと思っているんだ。間違っても、お馴染みの旦那連中や間夫《まぶ》なんかのためじゃないだろう」

「…………」

「佳雨、おまえに毅然とした生き方を見せたかったからじゃないのか」

柔らかな雨のように、久弥の言葉が染み透《とお》る。

惑いや濁りが静かに洗い流されていく感覚に、佳雨は呆然と身を浸した。

「おまえが、常日頃梓や希里の前で振る舞っているのと同じだよ。自分を可哀想がらず、被害者ぶったりもしない。在《あ》るがままの己を強くさせるのは、自信と誇りだけだ。おまえが雪紅から学んだものは、そんなに簡単に揺らぐのか。違うだろう？」

「は……い……」

「確かに、彼女は人並みの幸福から遠い人生を生きていた。間近で見てきたおまえが、気に病むのは当然だ。けれど、〝色街に雪紅あり〟と謳われた絶世の美女の、おまえはたった一つの生きるよすがだったんだ。それを恥じずに、生涯の誇りに思え。わかったか？」

「若旦那……」

「デスモンド氏のことは、また別だ。一緒くたに考えることはないんだ」

「………」

久弥という男は、飄々《ひょうひょう》として何を考えているのか読めないところがある。そんな彼が、こんなにも真っ直ぐ感情をぶつけてくるのが不思議だった。知らない顔を引き出したのが、他でもない自分だという事実がじわりと喜びに変わる。

何だか、いつもと立場が逆になったようだ。そう思ったら、急におかしさがこみ上げてきた。佳雨が微かに表情を和《やわ》らげると、久弥が黙って頭を撫《な》でてくる。

ようやく自分の中に芯が戻ってきたと、微笑みの下で息をついた。

もうすぐ、夜見世が始まる時間だ。

世俗の憂さを晴らしに多くの客が集まり、色街に艶やかな雪洞《ぼんぼり》が幾つも灯《とも》る。

久弥の手のひらに心を預けながら、佳雨は褥で紡ぐ一夜の夢に姉への思いを馳《は》せた。


「あ～あ、すげぇな。天下の佳雨花魁が、人目も憚らずに間夫と濡れ場かよ。またぞろ、てめぇんとこの楼主に大目玉食らっても知らねぇぞ」

路地裏に身を潜めていた銀花が、呆れ顔で溜め息をついた。

腕組みをして板塀に凭《もた》れる姿は艶《なま》めかしい男前で、とても佳雨と張る売れっ妓《こ》の男花魁とは思えない。長めの髪を後ろで一つに縛り、婀娜《あだ》っぽい目つきで立っているところは素人離れしているが、どこからどう見ても女泣かせの美青年だ。

「おい、犬コロ。てめぇは、いつまで隠れてるつもりだ？　いいのかよ、佳雨、見世へ戻っちまうぜ？　あいつに話があったんじゃねぇのかよ」

「いいんだ」

彼の隣に隠れていた希里は、清々《すがすが》しい笑顔で首を振った。銀花に「付き合ってやる」と言われて帰りを待っていたが、久弥といる場面に出くわして声をかけそびれていたのだ。

でも、それで良かった。

自分が見たかったのは、二人の睦まじい様子だ。拗《こじ》れた仲もすっかり元通りになったようだし、それなら出番なんか必要ない。会話の内容までは聞こえなかったが、きっと佳雨は胸に抱えていたものを全部久弥へ打ち明けたのだろう。

「しっかし、驚いたな。佳雨が、白昼堂々あんな風に取り乱すとはね」

お蔭で珍しいものが見られたと、銀花はしごくご満悦のようだ。常日頃、何かにつけて佳雨と張り合っているので、その動向が殊の外気にかかるらしい。

「なぁ、犬コロ。おまえ、幻滅しないのかよ。気取って澄ました顔のあいつが、お気に入りだったんだろう？　いいのか、みっともなく地べたに座り込まれてもさ」

「佳雨は、どこで何をしてたって佳雨だ。関係ない」

「へぇ」

「やっと、俺が知っている佳雨になった。あの英国人と関わってから、俺、ずっとお腹の辺がもぞもぞしていたんだ。でも、もうよそ見は止めたんだな」

「おまえ……」

虚を衝かれたように瞬きをし、銀花は短く息を呑んだ。

「案外、おっかねぇガキだなぁ」

「何が？」

本気でわからなかったので訊き返したが、いいよいいよと苦笑いでごまかされた。

こうなったら、何が何でも雪紅の容態を確認しなくては。

姉を思う佳雨の心は、想像よりずっと傷んでいた。それを知ってからの久弥はますます熱を入れて『つばき』を訪ね、清太郎の身辺を注意深く見守っている。相変わらずのらくらと約束はかわされ、清太郎とはまともに話もできなかったが、赤楽の茶碗を手にした以上、それは充分に考えられる展開だ。これまで同様、何かに強い執着を持つ者が所有すると、曰く付きの骨董は主人を暴走させてしまう。どんな因縁が働いてそんな影響が出るのか、先祖と違って霊感など持ち合わせていない久弥には謎《なぞ》でしかないが、これまで盗まれた骨董が悉《ことごと》く不幸を招いている事象は目にしてきたので、今度も焦りが募った。

「おまけに、林東秀と事件の関係も謎のままだし……」

実際は、警察の内偵もだいぶ進んでいるのだと思う。だが、さすがに逐一九条が教えてくれるはずもなく、ここ数日は音信不通になっている。久弥の目的は茶碗の回収で強盗犯を捕まえることではないが、佳雨の馴染みなので気にはかかっていた。

今日も門前払いを食らい、仕方がないので北沢《きたざわ》町へ足を向けることにした。ここ一ヶ月ほどはこの件にかかりきりなので、本業の骨董商の方はだいぶお留守になっている。いっそ、しばらく店は人に任せて本格的に時間を作ろうかと、思い始めたりもしていた。

北沢町の氏神は、病気平癒の薬師如来だ。

清太郎が参拝した神社の界隈《かいわい》は昔ながらの雑多な土地で、短い参道に様々な店がひしめきあっている。その一角に辻占の女が立っており、細い路地を入ったガラクタ屋で茶碗を買えと指示したのだという。九条も言っていたが、久弥もそれが偶然とは思っておらず、まず女とガラクタ屋はグルだろうと踏んでいた。

「くそ、今日もいない」

夕暮れ間近の影が伸びる先は、雑貨屋の閑散とした軒先だ。客どころかほとんど通行人もいない淋《さび》しい空間は、虚《むな》しさだけを久弥に与えていた。

「やっぱり、河岸を変えたのかもしれないな」

話を聞いてから何度か来てみたが、辻占の女など影も形もなかった。近場の店の者に尋ねても、そんな女は知らないと言う。清太郎の記憶も曖昧《あいまい》で、何でも頭から手拭《てぬぐ》いを被《かぶ》っていて顔もわからず、中肉中背の中年の女、としか覚えていないそうだ。

残る手がかりはガラクタ屋だが、こちらもずっと店を閉めたままだ。店主は独り者の年配男性で、商売を放り出して博打《ばくち》に夢中になること数知れず、近所の評判では借金まみれで首が回らない状態らしい。ただ、こんなに長いこと店を放置しているのは初めてで、もしや夜逃げしたんじゃないのかと噂になっていた。

「もしもし、どなたかいませんか。もしもし！」

価値ある骨董を求めてあちこち出張に行く久弥は、ワケありな雰囲気にも臆《おく》するところがない。閉じられた雨戸をドンドン叩き、声を張り上げて辛抱強く呼びかけたが、こちらも空振りに終わりそうだった。

「帰ってない……か……」

足元の紙片を目に留めて、深々と息を漏らす。隙間に挟んでおいたそれは、前回訪ねた際に久弥が書き置いたものだった。連絡が欲しいとしたためて、住所と名前を書いておいたのだが、読まれた形跡もなさそうだ。

「しょうがない。最後の手段に出てみるか」

腕時計を確認すると、午後の三時を回ったところだった。今から急げば、夜見世の準備の前に色街へ着けるだろう。銀花を廓以外で捕まえるには、この時間帯を狙《ねら》うしかない。九条はわざとらしくとぼけたが、『風変りな友人』が銀花であることはとっくに承知していた。

『おまえたち、いつの間にそんな親しくなったんだ』

意外な組み合わせに驚く久弥へ、親しいとかいう仲じゃない、と九条はにべもない。

以前、事件の聞き込みで何度か色街を訪ねた際、銀花に付き纏われて食事を奢《おご》らされた。それがきっかけで話をするようになり、時には貴重な情報を流してくれるのだと言う。

『もちろん、そのたびに何か奢らされるけどな。だが、俺は警察の人間だ。色街じゃ煙たがる奴が多いし、客でもないのに男花魁と付き合いがあるというのはいろんな方面でまずいらしい。あの男に迷惑はかけられないから、先々は自重するつもりだよ』

屈託なくそんなことを言うが、今回は『松葉屋事件』を上演した小屋の持ち主が銀花の得意客だった縁から、東秀の戯曲の件が漏れたのだ。「東秀め、俺が引きたててやった恩も忘れて京橋の大劇場なんざへ新作を持ち込みやがって」とだいぶお冠《かんむり》だったらしい。

「さて、そろそろ行くか」

はたして、銀花は首尾よく見つかるだろうか。空振り続きで一抹《いちまつ》の不安はあるが、何もしないでいるよりはマシだ。そう思って踵を返しかけた久弥だったが、それにしても、と奇妙な思いに捕らわれた。

この前も感じたことだが、夜逃げにしてはずいぶんきっちり戸締りをしていったものだ。これでは長く留守にしますと宣言しているも同然で、借金の取り立て人などは却って怪しむのではないだろうか。もし自分が同じ立場なら、「すぐに戻ります」という体を取り繕って油断させ、僅かばかりの時間稼ぎにするのだが……。

「——まさか」

ハッとして店を振り返るのとほぼ同時に、聞き慣れた声が耳に飛び込んできた。

「おい、百目鬼じゃないか。おまえ、何やってんだ、こんなところで」

「九条……」

「何だか顔色が悪いぞ。腹でも壊したか」

見れば、九条が部下の刑事を一人連れて、こちらへ歩いてくるところだ。書類仕事を厭《いと》ってすぐ現場に出てしまうが、肩書は警部なので部下も四十絡みの叩き上げ風の大男だった。最年少なのは居心地が悪いとよく零していたが、少しずつ周囲に認められているらしく、仕事仲間として馴染んでいる様子が見て取れる。

「九条、おまえガラクタ屋の主人に会ったか？」

「いや〜、それがまだなんだよ。何回か部下を寄越したんだが、いつも留守なんだ。最近、めっきり近所でも姿を見かけなくなったらしい。まぁ、大の博打好きで金策に走り回ることも多かったそうだから、今度もそれじゃないかと……」

「ずっと店の状態は変わらないか？　雨戸も閉めたままで？」

「へ？　おまえ、一体何を……」

「……九条警部、ちょっと」

裏口へ回っていた部下が、小難しい顔で九条を呼んだ。久弥も、部外者と叱られるのを承知でついていく。しかし、一歩足を進めるたびに何とも言えない不快な匂《にお》いが鼻をつき、嫌な予感は増すばかりだった。

「これは……」

「ずっと気温が低かったのが、ここ数日でようやく上がり出しましたからね」

部下の意味深な言葉に、九条が眉を顰《ひそ》めて息を詰める。

先ほどの推測が当たったことを、久弥はもっとも忌《い》まわしい形で知ることとなった。


「佳雨！　待ちくたびれたぞ！」

座敷の襖《ふすま》が開かれるなり、中から飛び出してきた東秀が赤ら顔で抱きついてきた。すでにだいぶ酔っているようで、酒臭い息がぷんとかかる。佳雨はにっこり笑顔を返したが、案内の若い衆がすぐさま「まあまあ、林様」と引き剝《は》がしてくれた。

「林様、お待たせして申し訳ありませんでした」

一度は撥《ばち》の手を止めた芸者たちが、またぞろ宴《うたげ》を盛り上げる。紋日の今日は馴染みがドッと押し寄せ、佳雨も幾つもの座敷を跨《また》いで夜見世まで目の回る忙しさだった。先ほどちらりと廊下で梓とすれ違ったが、彼もせっせと務めに励んでいるようだ。

「俺のお願いを聞いてくださるなんて、やっぱり林様は優しいお人です」

「おまえが手紙で〝ぜひぜひ、おいでくださいませ〟なんてしおらしく書いてくるから、仕事も何も放りだしてきたんだぞ。その分は、きっちり楽しませてもらうからな」

しずしずと隣に腰を下ろし、佳雨は控えていた希里に盃《さかずき》を差し出す。注意深く注がれた酒をひと息に煽《あお》ると、東秀はやんやと機嫌よく手を叩いた。

「よしよし、佳雨。その飲みっぷりが気に入った！」

「ありがとうございます。林様の新作が、大劇場にかかる前祝ですよ」

「新作ぅ？」

「おや、お忘れですか。先日登楼された際に、次は浅草の芝居小屋なんぞではなく、京橋の大劇場にかかる戯曲を書くと仰っていたじゃありませんか」

「そんなこと、言ったっけかなぁ」

酔いのせいで本人の記憶も曖昧らしく、盛んに首を捻っている。だが、無理もない。今の話はでまかせで、佳雨はそれとなくカマをかけてみたのだ。東秀の持ち込んだ戯曲が坂巻町《さかまき》の強盗殺人とまったく無関係なのか、少し反応をみてみたいと思った。

「まぁ、確かに新作を書き上げちゃいるんだが……」

こちらの思惑など知らぬげに、彼は思案顔で腕を組んだ。

「ダメだな、大幅な書き直しが必要だ。題材そのものに新鮮味がない」

「それはまぁ、『松葉屋事件』は実話が元ですから、ぞくりと来るものはありますが……。でも、林様のお力なら嘘を真にするのも自在なことかと」

「はは、嬉しいことを言ってくれるじゃねぇか。いや、『松葉屋事件』は良かったよ」

「…………」

この外道。人が何人も死んでいるのに、良かったよ、はないだろう。

思わず胸で毒づいたが、あくまで天女の笑みは崩《くず》さない。客の言動に本気で一喜一憂するほど、初心《うぶ》な感覚は持ち合わせていなかった。しかし、傍らの希里には我慢ならなかったらしく「けっ」と小さな声がする。ご機嫌な東秀は聞き咎《とが》めなかったが、佳雨は澄ました顔で希里の膝をぴしりと叩いた。

「佳雨、おまえ本当に俺が〝嘘を真にする〟名人と思うかい?」

不意に、東秀が大真面目《まじめ》に尋ねてくる。いきなりどうしたのかと戸惑いながら、もちろんですとも、と笑顔で答えた。

「それを証明したのが、『松葉屋』の芝居じゃありませんか。俺は巷の評判を聞いただけですが、内容は虚実織り交ぜて大層な盛り上がりだったとか。林様の才能があればこそ、成功なさったんじゃありませんか?」

「ふん。そいつは、まったく迷惑な話だよ」

「え?」

「ああ、もういいや。ウンザリだ。頭が痛くなってきやがった」

煩《うるさ》そうに右手を振って、東秀はいきなり踊りや演奏を止《や》めさせた。白けた空気の中、追い立てるように芸者衆を追い出し、希里へも「出て行け」と邪険な態度を見せる。勝ち気な希里は横柄な態度にムッとしたようだが、これも座敷ではよくあることだ。佳雨をちらりと見てから一礼すると、おとなしく出て行った。

「どうなすったんですか、急にご機嫌斜めですね」

情緒不安定に見えるのは酒のせいではなく、何か秘密を抱えているためだ。そう確信を得た佳雨は、慎重にと己へ言い聞かせた。ここで上手く聞き出すことができれば、久弥の役に立てるかもしれない。

「俺はなぁ、佳雨。とばっちりを受けてるんだよ」

「とばっちり……？」

「そうさ。お蔭で連日警察がやんやと煩くて、仕事に集中なんかできやしない。あいつら、俺の才能を潰す気なんだ。いや、警察だけじゃない。俺の周りは敵だらけだよ」

「林様……」

二人きりになって安堵《あんど》したのか、東秀は甘えるように膝へ頭を乗せてきた。人の目があるのとないのとで態度が変わる客は多いが、彼の場合は振る舞いが幼稚になる。

「安心なすってください。少なくとも、俺は林様の味方ですよ。何か憂いがあるなら、どうぞ遠慮なく吐き出してくださいな。ここは遊郭、誰も聞き耳を立てちゃいませんよ」

「おまえは優しいなぁ、佳雨。ああ、無理を押して今日きて良かったよ。紋日には揚代が倍なんて、色街は阿漕《あこぎ》な手を次から次へと使いやがる」

「それは、俺たちも思います。遊女を長く廓に繋《つな》ぎ止めるため、何かと金のかかる仕組みになっていますからね。俺も、ちっとも借金が減りやしません」

「まぁ、もうちっと辛抱してくんな。俺が流行の作家先生になったら、一も二もなくおまえを身請けしてやるよ。初めはどんなもんかと思っていたが、男の身体も慣れてみると案外具合がいいや。それとも、おまえが特別なのかね」

「さぁ、どうでしょうか。お気に召していただけたなら、俺も嬉しく思います。最近は滅多にいませんが、中には閨《ねや》へ移った途端、やっぱりダメだと逃げ出す方もいますしね」

「そういうのは、俗人なんだよ。面白みがわかってねぇんだ」

「俺の身体は、面白いですか」

「ああ、いいねぇ。そこらの女よか肌は滑《なめ》らか、閨の段取りも上等だ。ツンと陶器のように澄ましたかと思うと、可愛い声で鳴きやがる。思い出すだけで、かーっとくるね」

調子よくまくしたて、東秀は着物の上から太腿を撫で回した。

「正直、もう女はこりごりなんだ。情が強《こわ》くてかなわねぇ」

「それは、林様が女泣かせでいらっしゃるからですよ」

「それがよぅ……」

上手く水を向けた甲斐《かい》があり、愚痴とも弱音ともつかぬ声で話し出す。

「さっき、とばっちりって言ったのは本当なんだ。三月に起きた坂巻町の強盗殺人、覚えてるか？　留守番していた家の主人が、押し込みに刺し殺されたってやつだよ」

「もちろんですよ。怖《おそ》ろしい事件でしたからね」

「俺、犯人を知ってるんだ」

「え……」

一瞬、耳を疑った。まさか、こんなにあっさり口にするとは思わなかったのだ。もしやでまかせかと勘繰っていたら、東秀は膝の上で深々と溜め息をついた。

「まさか、本当にやりやがるとはなぁ。うっかり、冗談も言えやしねぇよ。これだから、真面目な女は面倒だってんだ。遊びと本気の区別もつきやがらない」

「犯人は女なんですか？　でも、女の力で大の男を刺し殺すにはよっぽど……」

「そうだよ。よっぽどの力自慢か、相手が油断しているかだ。ここまで言えば、わかるだろう？　犯人は奥方さ。劇場にわざと忘れ物をして、ばあやを取りに行かせている間に旦那を刺し殺したんだ。警察だってバカじゃない。そろそろ裏を取ってる頃だろうよ」

「どうして……」

「さぁ、そいつが傑作だ。実はな……」

バン！　と勢いよく襖が開け放たれた。

何事かと驚き、佳雨と東秀は同時にそちらを見る。先ほど座敷を追われた希里が、蒼白《そうはく》な顔で荒く息をついていた。

「希里、どうし……」

「早く逃げろ！」

「え……」

「いいから、すぐにここから逃げろ！」

言うなり座敷へ飛び込んで、膝の東秀を蹴《け》り飛ばす。そのまま佳雨の腕を摑むと、力任せに引っ張った。何しやがんだ、と喚《わめ》く東秀を尻目《しりめ》に彼は「急げ！」と声を荒らげる。

「ちょ、ちょっと、お待ち。希里、おまえ」

「殺されたいのかよ！」

「………」

凄《すさ》まじい剣幕に、文句が瞬時に引っ込んだ。同時に悲鳴や物の壊れる音が耳へ入り、ちっと希里が舌打ちをする。遊女の叫び声、騒々しく逃げ惑う気配。若い衆の怒号と足音が、どんどんこちらへ近づいてくる。

――そうして。

「あんたぁッ！　あたしを売ったねぇっ！」

「き……絹子……」

出刃包丁を握り締め、鬼の形相《ぎょうそう》の女が眼前で仁王立ちになった。髪を振り乱し、血走った目を憤怒《ふんぬ》にぎらつかせ、刃先からは生々しい血が滴《したた》り落ちている。

「裏切り者！　あんたが言ったんじゃないか！　旦那を殺せば一緒になれるってッ！」

正気を欠いた目をギロリと剝《む》いて、女が佳雨を睨みつける。半分解けた帯、はだけた襟元《えりもと》。真っ赤な返り血を浴びた着物は、まるで曼珠沙華《まんじゅしゃげ》を着ているようだ。

「佳雨に手出しすんな！　クソ婆あ！」

咄嗟に、希里が前へ飛び出した。佳雨を庇《かば》うように両手を広げ、小柄な身体で女を精一杯に睨み返す。冗談じゃない、と佳雨は機敏に彼を引き倒し、思いきり怒鳴りつけた。

「やめておくれ、何を考えてんだ！」

「だって、佳雨が……」

「バカだね、おまえは！　漢気《おとこぎ》を見せるのは、惚れた相手の前だけでいいんだよ！」

ぴしゃりと黙らせ、素早く希里を背後に匿《かくま》う。見覚えのない女だが、恐らくは東秀の言っていた被害者の奥方だろう。出刃包丁を持つ手がぶるぶる震え、その切っ先は佳雨と腰を抜かしている東秀に向けられている。

「一体全体、どういうことなんだい？」

妙に冷静な頭で、後ろの希里へ問いかけた。

「刃物を持った女を通すなんて、うちの若い衆は何をやってんだ」

「し、しょうがねぇよ。包丁振り回して、いきなり乗り込んできたんだ。止めようとした若い衆が二人、喉を切られて血まみれになっちまった。そんで〝東秀はどこだ〟って喚くからさ、俺、佳雨だけでも逃がさなきゃって……」

「絹子、やめろ！　正気に返れ！」

「煩いっ！　女だけじゃ飽き足らないのか！　何だい、この男女《おとこおんな》はっ、おぞましいっ」

わあああと金切り声をあげ、女は東秀へ襲いかかろうとする。だが、バタバタと複数の足音が近づいたので悔しげに体勢を立て直した。

「花魁！　花魁は無事か！」

「警察を！　早く警察を呼んで！」

騒ぎを聞きつけた楼主の嘉一郎と、遣り手のトキが駆けつけたようだ。しかし現状を一瞥《いちべつ》すると、たちまち青くなって黙り込んだ。

「寄るんじゃないよ！　近寄ったら、こいつらと心中するよ！」

出刃包丁を闇雲《やみくも》に振り回し、女は悲痛な声で叫ぶ。下手に刺激すれば一瞬でお終いだと、さすがの佳雨も身が竦んだ。相手は完全に理性を失っており、とても説得できるとは思えない。肝心の東秀は度肝を抜かれ、畳にへたり込んだまま震えていた。女を追ってきた若い衆たちも、容易に手を出しあぐねているようだ。じりじりと距離を詰めてはいるものの、飛び掛かる隙が見つからない。

仕方がない——佳雨は覚悟を決めた。

ここには希里がいる。この子だけは、絶対に守り通さねば。

「――奥様」

恐怖を悟られぬよう、努めて平坦な声で話しかけた。

般若《はんにゃ》のような女と対峙《たいじ》する様子を、一同は固唾《かたず》を飲んで見守っている。緊迫した空気がぴんと張り詰め、佳雨は短く息を吐くと背を正して口を開いた。

「おぞましい身で物を言うのは気が引けますが、少しだけよろしいですか。ここは俺のお座敷です。いらしたからには、主人の俺が話を伺いましょう」

「…………」

「奥様は、林様との心中をお望みなんでしょうか」

「あ……たしは……」

ふっと、女の表情が揺らいだ。望みを訊かれて、一瞬理性が蘇《よみがえ》ったのだ。だが、それも束の間、次の瞬間には東秀の声が闇へ引き戻してしまった。

「やめろぉっ！　俺は死ぬのなんか真っ平御免なんだ！」

「あんた……」

「人妻相手の、ちょっとした火遊びじゃねぇか。年増のくせに、真に受ける方がバカなんだよ。旦那が骨董に夢中で淋しいだぁ？　知るか、そんなの。俺には関係ねぇだろうっ！」

「あんたぁっ！」

「ひぃっ」

あわあわと、東秀が四つん這《ば》いで逃げ惑う。恥も外聞もなく、泣きながら小便を漏らしていた。見ていた希里が嫌悪も露《あら》わに、「俺の仕事、増やすんじゃねぇよ」と毒づく。その度胸に感心しながら、佳雨は再び女へ向き直った。

「申し訳ありません。どうやら、林様にはその気がないようだ」

わざとらしく溜め息をつき、続いて妖しく声をひそめる。

「では、俺を殺しますか。浮気相手は憎いでしょう」

「な……」

「それで奥様の気が晴れるなら、どうぞ刺してくださいな。その代わり、これで奥様は世間の笑いものだ。間男に騙《だま》された悲劇の人妻から、紛い物の女に負けた哀《あわ》れな年増。同情していた輩はこぞって面白がり、ここぞとばかりに揶揄するでしょうね」

「あ、あ、あたし、は……」

「差し出がましいようですが、人の終わりってのは覚悟の有無で決まるんじゃないでしょうか。人を殺めて罪を重ねて、挙句に道化となる覚悟がおありですか。他人からどんなに嘲《あざけ》られようと、貫く価値のある恋でしたか？」

「あ……ああ……」

がくがくと出刃包丁の切っ先が揺れた。おい、と希里が顔色を変え、挑発するなと忠告する。しかし、ここが勝負の賭《か》けどころだ。出方を誤れば、皆の命に関わる。

佳雨は目立たぬよう息を吸い、吐き出してから不敵な笑みを作った。

「不倫の挙句に夫を殺め、遊郭へ乗り込んで愛人を追い回す。次の戯曲にしたら、林様も恥をかいた甲斐があるというものだ。ねぇ、そうですよね、林様？」

「あ、あんたに何がわかるんだっ！　あたしは、この人に惚れただけよ！　それを裏切って警察に密告して、さも自分は関係ないって顔で逃げやがって！」

「だったら、四の五の抜かしてないでとっとと刺せよ！」

凜と涼やかに声を張ると、女がハッとしたように身じろいだ。

「さあ、どうした！　あんたが道化になる瞬間を、俺がきっちり見てやるよ！　さあ！」

「うああああああっ」

弾《はじ》かれたように、女が佳雨へ突進した。佳雨は希里を突き飛ばし、自ら進んで出刃包丁を受け止める。刃先が深く胸元へめり込んで、ぐらりと身体が傾いた。

「花魁ッ！」

「佳雨――っ！」

わっと若い衆が駆け寄って、四方八方から女を取り押さえた。希里が血相を変えて佳雨に縋り、胸に突き立てられた包丁を抜こうとする。

「抜いちゃダメだ！　出血がひどくなるぞ！」

鋭い声で制止され、びくっと動きが固まった。九条と久弥が慌ただしく座敷へ駈《か》け込み、横たわる佳雨の傍らへ膝をつく。希里は呆然と座り込んだまま、どうしてここに久弥がいるんだと、まとまらない頭で呟いた。

「……まったく肝を冷やさせる」

しばらく怪我の状態を確かめていた久弥が、大きく息を吐き出した。隣の九条がやれやれと振り返り、安堵の表情で希里を見る。何がどうなっているのかさっぱりわからず、ただ涙をぽろぽろ零していると、優しい口調で「大丈夫だよ」と言われた。

「見ていて一瞬ヒヤリとしたが、佳雨さんは無事だ。少々の切り傷はあるが、特に命には別条ない。安心しなさい」

「で、でも……」

「君も、禿ならわかるだろう。花魁衣装は、何枚も着物を重ねるからね。言わば衣の鎧《よろい》を着ているようなものだ。多分、佳雨さんはそれを計算してわざと胸元を狙わせたんだよ」

「わ……ざと……?」

「ああ。頸動脈《けいどうみゃく》を切られていたら危なかったが、その辺は賭けだな。女を挑発して逆上させ、その隙に見世の人間に捕らえさせる算段だったんだろう。だが、またずいぶんと危険な勝負に出たもんだ。さすがに緊張したのか、軽く貧血を起こしたようだが心配はいらないよ」

「う……く……」

「希里くん……?」

ぐっと息を呑んだかと思うと、直後に希里が「わああああん」と大声で泣き出した。これまで何回か涙を見せることはあったが、ここまで手放しで泣く姿は初めてだ。九条はもちろんのこと、その場に居合わせた廓の若い衆や楼主、遣り手のトキ、野次馬で集まった遊女たちまでが軒並み啞然《あぜん》と彼を見つめた。

「お、おい。弱ったな……おい、百目鬼。何とかしろ」

佳雨につききりの久弥へ、弱り切った九条が助けを求める。その時、不意に頭上に影が差し、音もなく近づいた少年が希里の目の前にしゃがみ込んだ。綺麗な横顔と艶やかな花魁衣装に、九条は思わず息を呑む。

少年はちいさく微笑むと、からかうように言った。

「バカだな、何を泣いてんのさ。野蛮なごぼうが、ますます醜くなるじゃないか」

「あずさ……」

「佳雨さんが危ないことをするのは、今に始まったことじゃないだろ。楚々《そそ》として振る舞っているけど、本当は無鉄砲で喧嘩っ早い人なんだから。でも……絶対に死んだりなんかしない。あの人は、とっても運が強いんだからね」

「あずさぁ……」

憎まれ口を叩いて袂からちりめんを出し、梓は涙と鼻水でぐしょ濡れの顔を乱暴に拭う。

「だけど、本当にこんなのはこれきりにしてほしいな。僕だって、本気で寿命が縮むよ。さすがに、今日は生きた心地がしなかった。佳雨さんは、ひどい人だよ」

「うん……うん」

「後で、二人でとっちめてやろう。三間屋《みつまや》の林檎飴《りんごあめ》、買ってもらおうよ。僕たちを驚かせた罰だからって。だから、もう泣くのはやめろって」

「……ん」

ひくっと喉を引き攣《つ》らせ、希里がこくんと頷いた。梓も本当は怖かったらしく、よく見れば黒目が潤《うる》んでいる。いじらしい二人の姿に、周りの誰も茶々を入れてはこなかった。

「――佳雨」

一人、久弥だけは厳しい表情のままでいる。無傷とわかって包丁を抜き、失神している佳雨を抱き起こすと、腕の中で祈るように呼びかけた。

「佳雨、もう終わったよ。頼むから、目を開けてくれないか」

「ひさや……さま……」

恋しい男の訴えが、佳雨をゆっくりと目覚めさせる。瞳を開いて微笑みかけると、久弥は一瞬だけ顔を歪め、ひしと佳雨をかき抱いた。

「どうして……ここに……」

「絹子には、刑事の尾行がついていたんだ。それに気づいた彼女は、愛人が自分を警察に密告したと思ったらしい。途中で撒《ま》かれたと九条に連絡がきて、俺もたまたま一緒にいたんで

駆けつけた。彼女が向かうのは、東秀のところに違いないからな」

「東秀には別の刑事が張りついていたんで、『翠雨楼』にいるのはすぐわかったよ。だが、俺たちが到着した時には騒ぎがすでに起こっていて近づけなかったってわけだ」

説明を継いだ九条が、遅れてやってきた警官たちへ絹子と東秀を連行するように指示を出す。すっかり毒気を抜かれたのか、二人は抵抗もせずにおとなしく引っ張られていった。犯人確保で見世の連中はようやく気を取り直し、騒がせて申し訳なかったと他の客たちへの応対に大わらわし始める。普段は口煩い楼主やトキも、佳雨が無事と聞いた後は刑事である九条の目を憚ってか、そそくさと場を離れていった。

「ここは賑やかですね……」

生きていたんだ、と改めて息を吐き、佳雨はゆっくりと身体を起こす。支えてくれる久弥の腕が、現世への命綱であるような気がしていた。

「あの……」

「ん?」

「怒らないんですか。いつも、無茶をするなとお叱りになるのに」

「叱ってほしいのか?」

久弥が、目を細めて軽く睨みつけてくる。どうやら、怒っていないわけではないらしい。ヤブヘビだったかなと後悔していると、こめかみに淡く唇を当てられた。

「わ、若旦那、何を……ッ」

「おや、もう〝久弥様〟から戻ってしまったか。つまらないな」

「こんな時に、ふざけないでくださいな。俺は真面目に……」

言葉の途中で、もう一度抱き締められる。情熱よりもまろやかな力に、佳雨の全身から静かに緊張が解けていった。何を言われなくても、この抱擁が久弥の想いだ。生きていてくれればそれでいいと、温もりが真摯に訴えかけていた。

「人の終わりは覚悟の有無と、偉そうに俺は言ってしまいました」

久弥の腕の中で、しみじみと呟く。

「けれど、俺にはまだ覚悟が足りませんね。あんたと生きていきたいと、欲ばかりが膨らんでいきます。今日、一度死んだお蔭でそれがはっきりしました。もう迷いません」

「迷っていたのか？　そいつは由々しき問題だな」

「ええ。でも、もう大丈夫です。あんたが、呪いを解いてくれました」

姉への贖罪を枷にしていた、がんじがらめの生き方から。

心の中でそう付け加え、佳雨は軽やかに微笑んだ。

絹子と東秀の逮捕によって、坂巻町の事件は一応の解決をみた。

被害者である三峰大悟《だいご》の妻、絹子は東秀と不倫関係にあり、今回の犯行は彼にそそのかされたものだと自供したが、その件について東秀は「冗談だった」と供述している。彼にしてみれば新作のネタとして想像した事件に過ぎなかったのだが、生来生真面目な絹子はそれを真に受けて実行してしまった。いずれにせよ夫の骨董狂い――殊に、赤楽の茶碗を手に入れてからの執着ぶりには心底辟易《へきえき》していたらしく――かと言って離婚するには経済的な不安もあり、追い詰められてのことに間違いはないようだ。盗難品に茶碗を含めて報告したのも、ささやかな復讐《ふくしゅう》心だったらしい。

「少々精神を病んでいるようだと、九条が言っていたよ。横暴な夫には、だいぶ苦しめられていたようだな。まぁ、だから殺していいって理屈にはならないが」

「そうでしたか……」

一連の騒動から、もう一週間が過ぎていた。しかし、佳雨の周囲は依然として騒がしい。『翠雨楼』の男花魁がまた事件に巻き込まれたと、色街の噂好きが注目しているからだ。好奇心旺盛な銀花など、詳しく話せとわざわざ禿を使いに寄越すほどだった。

そんな中、久弥と逢瀬の場に選んだのは久しぶりの稲荷《いなり》神社だ。夜見世の時間まであまり余裕はなかったのだが、五分か十分でいいからと向こうが希里に言付けてきたのだ。模範的な廓の客を演じる彼が、登楼もせずに呼び出してくるのは非常に珍しかった。

「東秀は、まさか絹子が自分の筋立て通りに実行してしまうとは思わずに戯曲の売り込みに行ったようだ。後から事件の詳細を知って、慌てて絹子を問い詰めた。共犯になるのは御免とばかりに逃げ出したが、彼女の方は別れるつもりがない。そんなこんなで、さんざん揉めたんだろうな。互いに疑心暗鬼を募らせ、先に爆発したのが絹子の方だった」

「刺された若い衆たちが助かって、本当に安堵しましたよ。奥様も罪を重ねずに済みましたし、修羅場で人死にが出たとなったら廓の評判もガタ落ちですからね」

「何はともあれ、裏看板は無事だったんだ。楼主は、胸を撫で下ろしているだろうさ」

少々意地の悪い言い方をしてから、何を思ったのか久弥は声を明るくする。

「俺としては、可愛い男花魁二人の泣きべそ顔を再び拝めて得したよ。手鏡の件で折檻《せっかん》された希里を、おまえが楼主から庇った時以来だ。しかし、くどいようだがあんな真似は二度とするなよ？　俺だけでなく、あの子らだってまいってしまうぞ」

「……はい」

確かに、今回ばかりはちょっと身体を張りすぎた。梓と希里からもさんざん怒られ、佳雨は殊勝に項垂《うなだ》れる。あの時は無我夢中で、とにかく希里に刃《やいば》の矛先が向かないようにと、そのことしか考えていなかった。

「林檎飴の他、希里には金魚をねだられました」

「金魚？」

「ええ。俺が若旦那からいただいた朝顔を育てているように、何か生きているものを可愛がりたいんだそうです。粗雑なあの子にしちゃ、風情のあるおねだりでしたよ」

照れ臭いのか、少し怒ったような顔で「……金魚」と呟いた希里を思い出し、佳雨はくすくすと笑みを零す。何でも梓が飼い始めたとかで、世話の仕方を教わるんだそうだ。

「あの子たち、いつの間にか互いを認め合っているようです。友達というのとは少し違いますが、相手の存在が張り合いになっているんでしょうね。蒼悟《そうご》さんが海外へ旅立たれたので梓も淋しいと思いますし、ちょっと安心しましたよ」

「何だか、おまえと銀花のようだな」

「え、やめてくださいな。あの子たちのどちらも、あんなに癖は強くありませんよ」

久弥の冷やかしに本気で嫌な顔をして、佳雨は暮れゆく空を仰いだ。

朝から降っていた小雨が止んで、雨上がりの赤い陽《ひ》がゆっくりと落ちていく。境内の緑の葉も五月の露を含んで、そこかしこにきらきらと光を撒《ま》き散らしていた。

「綺麗ですね……」

まるで長いこと引きずってきた憂いから解き放たれたようだと、佳雨は己に重ねてみる。絶対的な孤独を、それが咎《とが》であるかのように引き受けていた自分とは、もう決別することができたのだ。

これからは二人——ずっと、久弥と二人だ。

「若旦那、見てください」

ふと、巡らせた視線の先に思いがけないものを捕えた。

佳雨は声を弾ませ、重なる葉陰の隙間を指差してみる。

「こんなところに、虹が生まれていますよ」

「へぇ、これは小さいな。手のひらに乗りそうだ」

「夕虹《ゆうにじ》ですね。吉兆だといいんですが」

何気なく口にした言葉だったが、意外にも久弥は真面目な声で「そうだな」と同意した。もしかしなくても、彼には叶えたい願いがあるのかもしれない。

「結局、赤楽の茶碗は戻ってきてないんですよね」

美しい夕暮れに色気のない話題だが、今の久弥にとっては一番の気がかりだろう。何の役にも立てなかったと、佳雨はこっそり溜め息をついた。

「絹子さんは、強盗に盗まれたと嘘をついて、茶碗を処分したと聞きました。若旦那は、その流れをお知りになりたかったのでは……」

「ああ、うん……そのことなんだが」

「え？」

「実は、しばらく箱根へ行こうと思う」

「箱根……ですか」

妙に歯切れの悪い物言いに、微《かす》かな不安が胸に生まれた。

しかし、色街を一歩出た久弥がどこで何をしようと自分に詮索《せんさく》する権利などない。そんな憂いを察したのか、彼は申し訳なさそうに佳雨の髪を撫でてきた。

「すまないが、当分は顔を見に来られない。だが、帰ってきた時は一番に会いに来るよ。それに、土産《みやげ》も楽しみにしておいで。きっと、おまえが喜ぶものを持って帰るから」

「若旦那……」

「佳雨、何があろうと俺を信じてくれるかい？」

「え……？」

突然何を、と面食らう。今更、言葉で確認しなくてはいけないようなことではないからだ。顔を曇《くも》らせる佳雨に向かって、久弥は尚も問いかけてきた。

「おまえに、伝えなきゃならないことがある。でも、今は言えないんだ。全部すっきりと片付くまで、俺を信じて耐えてほしい。……いいだろうか？」

「…………」

不安を裏付けするような、何とも曖昧な質問だった。けれど、改まって誓う必要はない。久弥を信じなくて、この世の何を信じろと言うのだ。

「信じます」

迷いもなく頷き、そっと自分の手を相手に重ねる。

陽が完全に落ちれば、偽物の赤い光の下でまた別の男に抱かれるだろう。

それでも真は一つだと、心は常にくり返している。離ればなれで夜を過ごそうと、たとえ触れ合うことが叶わなくても、この想いだけは誰にも汚すことはできない。

そう、手のひらに乗せる夕虹のように。

「……そうか」

嬉しそうに微笑み、久弥が額をこつんと当ててきた。

幼い仕草に頬が熱くなり、佳雨は夕暮れ時で良かったと目を閉じる。今なら赤い顔を見られずに済むし、しばらく会えませんねと口にしても拗ねているだけに聞こえるはずだ。

本当は、片時だって離れてなんかいられないけれど。

閉じた瞼《まぶた》に、久弥の唇が触れた。

陽は徐々に傾き、色街に目覚めの時間がやってくる。

「久弥さま……」

愛しているよと囁かれ、初めて佳雨は泣きたくなった。

ひとひらの予感

ごっそさん、と空《から》の丼《どんぶり》の前で威勢よく両手を合わせ、銀花《ぎんか》が明るく呟いた。相変わらずの豪快な食べっぷりに、奢《おご》った九条《くじょう》も思わず苦笑がこみ上げる。十九、二十歳の青年なら幾ら胃袋へ詰めても満足できない年頃だろうが、目の前の彼は男花魁《おいらん》だ。夜ともなれば女の着物を身に纏《まと》い、美しく髪を結い上げて客を待つ商売に、肥満は大敵ではなかろうか。

「今日は、趣向を変えて海鮮丼にして正解だな。美味かったよ、刑事さん」

「おまえは、本当におかしな奴だなぁ」

「どこが？」

「せっかく寿司屋に入ったのに、握りじゃなくて丼を頼むなんてさ」

九条の言葉が理解できないのか、銀花は整った顔をキョトンと呆けさせる。頭の回転が速くて抜け目のない彼にしては、ずいぶんあどけない表情だ。

「あ、あれ？　俺、何かおかしなこと言ったか？」

急に心許なくなって真顔で問い返すと、銀花はふっと皮肉めいた笑みを浮かべた。

「そりゃ、握りの方が高級だけどさ。丼の方が飯はいっぱい食えるだろ」

「……は？」

「あんたは実家が金持ちだから、きっとわかんねぇんだろうな。俺にとっては、味より量なんだよ。高級なもんをちびっと味わうより、腹いっぱいにしたいんだ。俺が選り好みをするのは、廓《くるわ》の客だけさ。そっちは、ようく見極めねぇとな」

「そう……か……」

彼がどういう育ち方をしたのかは知らないが、色街に売られてきた以上、恵まれた生活でなかったのは九条にもわかる。どう答えたらいいものか、と戸惑っていたら、銀花はけらけらと笑い出した。人の困っている顔が、よっぽど面白いらしい。

「そんな真正直な性分で、よく刑事なんか務まってるよなぁ。あんた、いつまでこの商売を続ける気だよ。大体、警部様に出世したんだったら、普通は聞き込みなんかしないだろ」

「心配しなくたって、これからはそうそう来ないよ」

「え……」

「この間、上司に怒られたんだ。さすがに、部下がやりにくいだろうって。役職にあるんだから自分の机におとなしく座って、捜査報告を聞いたり会議に出たりしろとさ。俺は現場にこだわりたいけど、仲間の迷惑になるなら考えを改めなきゃな」

「そんな……理由で……」

意外なことに、銀花はピタリと笑うのを止めた。それどころか、九条がびっくりするほど呆気に取られた顔をする。まるで「今食べた丼は全て蠟《ろう》細工だったんだよ」とでも言われたくらい、己の聞いた言葉が信じられないようだ。

「銀花……」

しかし、それは瞬きするほど一瞬のことだった。

胸を衝かれた九条が何か言う前に、彼はひょいと肩をすくめて「そっか」と短く答える。

「ま、それがいいよ。あんたが来たってこの街じゃ煙たがれるだけだし、俺も忙しい身だからいちいち付き合ってもいられねぇ。飯程度で取り引きするにゃ、俺の話は勿体ないしな」

「ああ、おまえの流してくれる情報は貴重で助かったよ。そう言わないで、俺の部下が来た時には良くしてやってくれないか。多少の礼は今まで通りに……」

「いらねぇよ」

話を遮《さえぎ》って、銀花は乱暴に立ち上がった。そのまま紺格子の着流しの袂《たもと》から数枚の金を取り出すと、丼の脇に叩きつける。明らかに苛立っている様子に、九条はひどく面食らってしまった。さっきまでご機嫌だったのに、何で急に怒り出したのかさっぱりわからない。

「おい、おまえ何をそんなに……」

「は？　俺がどうしたって？　時間だから見世《みせ》に帰るだけだよ。今夜も、お馴染みの旦那連中が列をなしてお待ちだからな。何しろ、俺は売れっ妓《こ》だから」

「………」

「何だよ？　言いたいことがあるなら……」

「一晩に、そんな大勢の男と寝るのか？」

「はぁ？」

素《す》っ頓狂《とんきょう》な声を出され、ハッと九条も我に返る。今、自分は何を口走ったのだろう。もしかしなくても、ずいぶんと失礼なことを訊《き》いたのではないか。

「あんた、何様だよ……」

案の定、みるみる銀花の声が不穏なものに変わった。低く絞り出すような音は、深い怒りを孕《はら》んでいる。無理もない、どうしてああも不躾《ぶしつけ》なことを言ったのか、九条自身にも言い訳が見当たらない。ただ、自分のよく知る青年と淫靡《いんび》な閨《ねや》で男に組み敷かれる姿が、どうしても結びつかなかったのだ。いや、もっと正確に言うなら――想像するのが不快だった。

（けど、そんなこと言ったって余計に怒らせるだけだしな……）

ご清潔なあんたとは、住む世界が違うんだよ。そう啖呵《たんか》を切られてしまえば、返す言葉などありはしない。それがわかるだけに、続く言葉を九条は見失った。

「……何だよ……」

「え？」

「何様だって訊いてんだから、ちゃっちゃと答えたらどうだよ。俺は家柄の良い裕福な家に生まれ育ったお坊ちゃまで、おまえのような淫乱とは違うんだって。金で身を売る男娼《だんしょう》と、同じ土俵で物を考えられちゃ困るってさ！」

「そんな……そんなことは言えない」

噛《か》みつく銀花に、心外な気分で首を振る。何故だか、非常に不愉快だった。職業柄、謂《いわ》れの無い因縁をつけられたり、誹謗中傷を受けることもあったが、今までぶつけられたどんな言葉よりも胸を抉《えぐ》られる。九条は無性に腹が立ち、自分も椅子から立ち上った。

「な、何だよ、やんのかよ」

「佳雨《かう》さんなら、そんなことは言わない」

「…………」

一瞬で、銀花の顔色が変わる。だが、九条は止めなかった。

「あの子は誇り高い。露悪的に自分を卑下したり、卑屈な物言いで相手を黙らせるような真似はしない。金で買われる商売について、俺なんぞに是非を断じることはできないが、その心持ちについてははっきり言える。銀花、おまえは……」

「うるせぇッ！」

「いいから聞け！」

間髪容れずに怒鳴り返すと、珍しく銀花がたじろいだ。勝ち気で口の達者な彼が、呑まれたようにこちらを見つめ返している。午後遅めの中途半端な時間、店内には数えるほどしか客はいなかったが、彼らの好奇心が一斉に二人へ集まった。

「おまえは、佳雨さんとは違う。だけど、俺はそこが気に入っているよ」

「え……」

「おまえはおまえのやり方で、胸を張ってこの街で生きているじゃないか。皮肉な口ぶりも斜に構えた態度も、他の奴なら惨めに映るだろうに、おまえだと不思議に軽やかだ」

「ちょ、ちょっと……」

「さっきのは失言だ。すまなかった。いつになく、おまえが自棄《やけ》になっているように聞こえたんだ。でも、そうでないなら謝るよ。だから、そんなにへそを曲げるな。おまえがとびきり綺麗な男で、それを誇りにしていることはちゃんとわかっている」

「おい！」

真っ赤になった銀花が、声を荒らげて話を遮る。そんな初心な顔を見たのは初めてで、九条は内心ひどく驚いた。しかし、どうやら場所が悪かったようだ。他の客からの視線に耐えきれず、銀花は逃げるように店から出て行ってしまった。

「銀花！　こら、いきなり帰るな！」

慌てて会計を済ませ、九条も後を追おうとする。だが、客の一人が苦笑いをしながら、やんわりとそれを引き止めた。

「あんた、白昼堂々『瑞風館《みずかぜかん》』の裏看板を口説こうなんて無茶するなぁ」

「口説く？　誰が誰を？」

「ダメダメ。男花魁を座敷以外で落とすなんざ、ご法度《はっと》破りにも程がある。相手にしてほしかったら、金を持って見世へ通うんだね。初回は顔見せ、それから裏を返して、床入りは三回目まで辛抱だ。それを海鮮丼一杯じゃあ、ムシがよすぎるってもんだろうよ」

「いや、申し訳ないがそれは誤解だ。俺はあいつの客じゃない」

大真面目に否定したが、軽く笑い飛ばされてしまう。自分は女性が好きなので男を買うなんて考えたこともない、と重ねて言ってみたが、相手曰く「男花魁につく客は、大概が同じことを言う」とにべもなかった。

「男しか抱けねぇ、つう輩はハナっから陰間《かげま》茶屋へ行くんだよ。何せ、そっちの方が安上がりだからな。引き換え、男花魁ってのは現実の生き物とはちょいと違う。だから、大枚はたいて通う価値があるのさ」

「はぁ……」

どれだけ得意げに諭されても、やはり九条にはピンとこない。佳雨ならあてはまる気がするが、自分にとっての銀花はただの青年だ。顔立ちは格別に整っているが、生意気で甘え上手な普通の男に見える。

「まぁ、いずれにしてもこれきりの縁と言うわけじゃないさ。兄さん、気を落とすなって」

妙な具合に励まされ、頑張れよ、と寿司屋を送り出されてしまった。

「……何だか、おかしなことになったたな」

今から追っても、銀花はもう見世へ戻ってしまっただろう。闇が降りればそこは彼の領域で、自分のような立場の人間が迂闊に踏み込んでいい場所ではない。

仕方なく諦めることにして、代わりに大門へ足を向けた。これきりの縁じゃない、と言われた先刻の言葉が、何だかやたらと心に残った。

「今度は、釜飯でも誘って機嫌を取ってみるか」

上司には今しばらく目を瞑ってくれと、頭を下げた方が良さそうだ。

あの天邪鬼《あまのじゃく》が素直に誘いにのるかな、と考えながら、九条は色街を後にした。


「——鍋島《なべしま》様」

襖《ふすま》を開けて入ってきた紳士へ、佳雨は居住まいを正してゆっくりと頭を下げる。いつもなら客の待つ座敷へこちらから赴くのだが、今夜は少しばかり勝手が違った。

「珍しく休みだと聞いたんだが、おまえは仔細を知りたいかと思ってね」

「はい。なので、鍋島様だけはお通ししてくれと見世の人間にはお願いしておりました。お忙しいでしょうに、いらしていただけて嬉しいです」

「無論、訪ねるとも。私は、おまえたちを引き合わせた張本人じゃないか」

そう言って静かに微笑む義重《よししげ》は、黒いネクタイを締めている。光沢の無い質素な喪服は沈んだ目の色と相まって、厳粛な空気に満ちていた。

一方、今日を休みと決めて自室に引きこもっていた佳雨も、同じく黒い着物に身を包んでいた。喪に服する姿など不吉だから止めてくれとさんざん楼主には叱られたが、部屋からは一歩も出ませんと約束をして、何とか見逃してもらったのだ。

「どうぞ、お座りください。生憎と、何も用意しておりませんが」

「構わないよ。教会の帰りだから、塩も不要だ。ただ、少し……」

「ええ、百合の香りが服についておしまいですね」

仄かに鼻先をくすぐるのは、デスモンドの棺を埋め尽くした白百合だろう。儚いあの人にはよく似合うけれど、本当は薔薇が良かったのではないか。そんな詮無いことを考え、佳雨は悲しく笑った。

「今夜も、『翠雨楼《すいうろう》』は盛況だな」

遠くでわっと上がった嬌声に、義重が愛おしげな呟きを漏らす。今日は希里《きさと》も遠ざけているので、佳雨にはまるきり別世界の音に聞こえた。物心ついた頃から馴染んだ気配なのに、ほんの一日人の死を悼んでいただけで突然よそよそしく感じてしまう。そんな自分に戸惑っていると、「それは、おまえが去っていく側の人間に同調しているからだよ」と言われた。

デスモンドの容態が急変し、亡くなったと知らせてくれたのは意外にもハナだった。

彼女は普段と同じ質素な恰好で『翠雨楼』へやってきて、主人の死と今際《いまわ》の言葉を伝えてくれたのだ。財産の半分は慈善団体へ寄付、残りの半分を贈られたとかで、菓子作りで磨いた腕を活かして下町に小さなカフェーを開くつもりだと言っていた。

『〝愛しい人と幸せになってほしい〟――旦那様の最期の言葉です』

相変わらず無愛想に、ハナはデスモンドの言葉を諳《そら》んじる。

『ずっと、あなたのことは気にかけておいででした。余命を盾に卑怯な真似をした、恥ずかしく思っていると寝床でくり返していました。優しくて立派な旦那様でした』

『ハナさん……』

『明日、坂巻町《さかまきちょう》の教会でお葬式を執り行います。あんたは大門から出られないでしょうが、一応言っておきますよ。英国のご親戚には、旦那様自身が生前お手紙を出されていましたけど、どなたも来日はされないようですね。だから、お墓の面倒は私がみます。それだけのものは、残してくださいましたから』

『そう……ですか……』

『いつか自由の身になったら、訪ねておいでなさいよ。お墓の場所くらい教えてあげます。旦那様に、花の一輪でも手向けてやってください』

それでは、と素っ気なく頭を下げてハナは去った。それが昨日のことで、佳雨はせめて葬式に出られないなら一人で見送ろうと決めたのだった。

「結局、倒れてから一ヶ月ももたなかったな。私が良い医者を紹介しようと言ったのに、これが寿命だからと聞かなかった。残念なことだ」

義重は向かい合って正座すると、苦い顔つきで嘆息する。ずいぶん真っ当に悲しんでいるのだと、そのことが佳雨には意外だった。そもそも、残酷な悪戯心でデスモンドに初恋の相手の弟を紹介したのは彼だ。失った恋への執着と、佳雨の密かな罪悪感が嚙み合って、皮肉な展開になったのも想像できなかったわけではあるまい。

「悪戯？　それは違うな、佳雨」

やんわりと否定し、義重は微笑の輪郭を濃くした。

「雪紅《せっこう》は幻の女だ。もうこの世のどこにも存在しない。あの男が恋に殉じると言うなら、友人の私にできるはなむけは、生への執着を与えることだ。生きたい、と願いながら死を受け入れる者は、きっと誰より最期の時を全うできただろう」

「では、俺はその道具ですか。罪滅ぼしなんて傲慢なことを考えた、俺への罰ですか」

「おまえのことは、百目鬼《どうめき》の若造に詰め寄られたよ。悪趣味だと罵られた」

「え……」

思わず、佳雨は耳を疑う。では、久弥《ひさや》は最初からデスモンドとの因縁を知っていたのだ。だからこそ彼らしくなく拗ね、何度となく気まずくなったのか。複雑な胸の内を曝け出すこともできず、ずいぶん苦しい思いを強いてしまったと今更のように恥じ入った。

「若旦那には、申し訳ないことをしました」

「何、気に病むことはない。あの若造には、まだ超えるべき課題が山積みだ。恋人が他の男に抱かれるのを許すというのは、常に試されているのと同じだよ。遅かれ早かれ、こういうことは起きる。おまえも、そろそろ姉への負い目から解放されて良い頃だ」

「鍋島様……」

突き放した物言いだが、下手な同情よりよほど救いがある。恐らく、久弥がこの場にいても同じ感想を抱いたに違いない。返す言葉もない佳雨へ、義重は容赦なく言葉を重ねた。

「賢いおまえのことだから、デスモンドを己の鏡にすると思ったよ。一人で恋をする愚かさも、自己犠牲の心地好さに溺れる弱さも、その目は曇らず映し出すだろうとね。だから、心配はしていなかった。おまえは真を守るためなら、鬼や夜叉にもなれるはずだ」

「…………」

悔しいが、その通りだった。

たとえ寿命が尽きようとしている相手でも、久弥への想いと引き換えることはできない。デスモンドが亡くなった今、その傷はもう死ぬまで癒えないだろう。それでも、欠片も後悔は湧いてこない。己の生きる矜持《きょうじ》は、久弥への想いだけだからだ。

「俺は……俺とデスモンド様は、出会ったことにちゃんと意味があったんですね」

わかりきっていることだが、声に出して確認せずにはいられなかった。

義重は頷き、静かに立ち上がる。お帰りですか、と声をかけると、今夜は故人を偲んで一人で過ごすつもりだと言われた。こんな夜のために、一番上等な酒を用意してあるのだと。

「ああ、そうだ。これを忘れていた」

襖の引手にかけた手を戻して、義重は上着の内側へ手を差し込んだ。何だろう、と腰を浮かせた佳雨の目の前に、折り畳んだ切り抜きを差し出す。

「……これは？」

「数日前の新聞だ。小さな記事だが、北沢町《きたざわ》で変死体が発見されたとある。ガラクタを二束三文で売る古道具屋の主人だそうだ。死後数日はたっていた」

「え？」

「錯乱した絹子《きぬこ》夫人が、愛人を追ってここへ乗り込んできたのと同じ日だ。死体の第一発見者については言及されていないが、見つけたのは百目鬼久弥だよ」

「…………」

かちり、と頭で何かがハマった音がした。突然、箱根《はこね》へ出かけていった久弥。何も言えないがしばらく耐えてほしいと、意味ありげに残していった言葉。

赤楽の茶碗、その行方に心当たりができたと彼は言った。死体は古道具屋の主人で、最初に見つけたのは久弥だという。全てのつじつまが、みるみる合っていく。

「鍋島様、これはどういう……」

「さて。おまえの方が、よくわかるんじゃないか」

謎めいた笑みを残して、義重は出て行った。

残された骨董は、あと一つ。久弥がその行方を追っていく先々に、悲しい事件や悲惨な死を迎える人たちがいる。籠の鳥の自分は傍観者にしかなり得ないが、それでも役に立ちたくて久弥に叱られながら渦中へ飛び込んできた。

けれど、彼は遠く離れた箱根にいる。佳雨の手の届かない場所で、万が一危険が及んだらどうすればいいだろう。久弥に何かあれば、自分だって生きてはいられない。

その予感は淡かった。

けれど、ひとひらの花弁のように香りが喪服へ絡みつく。

佳雨は震える瞳を閉じると、恋人の帰りを祈るように待った。

あとがき

こんにちは、神奈木智です。前作より一年以上も間が空いてしまいましたが、ようやく仇花シリーズの新作をお届けすることができました。まずは、気長に待っていてくださった読者様に心からお礼を申し上げます。また、偶然から今作を手に取ったという方、もしもお気に召していただけたら遡って読んでくださると凄く嬉しいです。一冊完結ではありますが、物語の進行に合わせて登場人物たちの心持ちや関係もいろいろ変化していますので、その辺も楽しんでいただけたらなぁ、と思います。

さて、ここから少し本編のネタバレになります。

以前からあとがきで触れていましたが、いよいよクライマックスに向けての助走が始まりました。最後の骨董の謎と佳雨の姉、雪紅の行方を巡っての事件は次作へと繫がってまいります。その前に、どうしても佳雨には胸に秘めていた過去の引け目や罪悪感を乗り越えてほしいと思い、今作のような内容となりました。

私が彼を書く際に意識しているのは「しゃんと背を伸ばして誇り高く生きている青年である」ということなのですが、今作に限って言えば佳雨は弱っています。いつもの調子がなかなか出ずに、題名通りに涙を浮かべる場面も多いです。常に強くあろうとする彼の弱い面、方にはこれまでの強い佳雨を気に入ってくださった方には書きながら少し申し訳ない気持ちでした。でも、自分の傷を久弥へ打ち明け、幼子のように取り乱すことによって確実に乗り越えたものもあるはずです。なので、次からはひと回り成長した佳雨をお届けできたら、と思っております。何しろシリーズ始まって以来、二人が離ればなれになった場面からの幕開けになりますから、より一層絆を深めた仲でないと危ういわけです。過去の憂いを吹っ切って、久弥への想いだけを胸に佳雨が運命とどう戦っていくか、私も書くのが楽しみです。

楽しみと言えば、梓と希里。この二人の場面を書くのは、作中でもほっこりするというか私自身ほのぼのしておりました。あと書いていて思いましたが、梓は非常に佳雨に似てきましたね。初めのうちは「可愛い男の子」だったのが、段々と強かになってきたような。銀花と九条のつかず離れずの関係も、箸休め的に楽しんでもらえたら、と思います。

そんなわけで、次からは「ちゃきちゃき佳雨」復活で大団円に向かってまいります。はからずも私のシリーズでは一番巻数を重ねていますが、最後まできっちり佳雨と久弥の恋物語をお届けできたらと思いますので、どうかお付き合いの程よろしくお願いします。刊行ペースは本当にのんびりなのですが、内容も世界観もちょっと特殊なので、逆に続けざまに読んでしまうと新鮮味が薄れてしまうんじゃないかな、なんて（勝手に）考えてもいます。たまに、思い出したように『翠雨楼』へ顔を出す馴染み客のように愛でていただければ、作者としては大変幸せに思います。

最後になりましたが、いつも素晴らしいイラストで作品を盛り上げてくださる穂波ゆきね様。今回も、キャラの表情から色使いまでとても美しくて何度も溜め息が出ました。言わずもがなですが、こんなに長く書き続けていられたのは、穂波様のイラストあってだと思っております。いつも、本当にありがとうございます。

また、担当様には毎回大変お世話になっております。趣味に走って思い切り自由に書かせていただいて、申し訳ないやら有難いやら……。今後とも、よろしくお願いいたします。

何より読んでくださった皆様へ感謝を。できれば一言でもいいので、感想などお聞かせくださると嬉しいです。物語が届いた、という実感が、次作への大きな励みとなります。お手紙（なかなか返事が出せずすみません。でも、大事に読ませていただいています）でもメールでも、気が向かれたらひょいっとお寄せくださいね。心からお待ちしております。

ではでは、またの機会にお会いいたしましょう――。

神奈木　智

ブログ http://blog.40winks-sk.net/　ツイッター https://twitter.com/skannagi

✦初出　夕虹に仇花は泣く……書き下ろし
ひとひらの予感………書き下ろし

神奈木智先生、穂波ゆきね先生へのお便り、本作品に関するご意見、ご感想などは
〒151-0051 東京都渋谷区千駄ヶ谷 4-9-7
幻冬舎コミックス　ルチル文庫「夕虹に仇花は泣く」係まで。

幻冬舎ルチル文庫

夕虹に仇花は泣く

2014年5月20日　第1刷発行

✦著者	神奈木 智　かんなぎ さとる
✦発行人	伊藤嘉彦
✦発行元	株式会社 幻冬舎コミックス 〒151-0051 東京都渋谷区千駄ヶ谷 4-9-7 電話 03(5411)6431 [編集]
✦発売元	株式会社 幻冬舎 〒151-0051 東京都渋谷区千駄ヶ谷 4-9-7 電話 03(5411)6222 [営業] 振替 00120-8-767643
✦印刷・製本所	中央精版印刷株式会社

✦検印廃止

ISBN978-4-344-83115-5　C0193　Printed in Japan